SASUKE
SHINDEN

サスケ新伝

SASUKE SHINDEN

「師弟の星」

NARUTO -ナルト-

岸本斉史
MASASHI KISHIMOTO

江坂 純
JUN ESAKA

目次
CONTENTS

SASUKE SHINDEN
「師弟の星」

人物紹介

CHARACTERS

うちはサスケ

ナルトのライバルであり、サラダの父親。ボルトとは師弟関係にある。

うずまきナルト

七代目火影であり、ボルトの父親。木ノ葉隠れの里を救った英雄。

うずまきボルト

木ノ葉隠れの里の下忍。父はナルト、師はサスケ。

うちはサラダ

木ノ葉隠れの里の下忍。父はサスケ。ボルトと同じ第七班。

ミツキ

木ノ葉隠れの里の下忍。親は大蛇丸。ボルトと同じ第七班。

猿飛《さるとび》木《こ》ノ葉丸《はまる》

木ノ葉隠れの里の上忍で第七班を率いている。祖父は三代目火影。

この作品はフィクションです。
実在の人物・団体・事件などにはいっさい関係ありません。

プロローグ

SASUKE SHINDEN

ずんぐりとした煙突が吐く白煙を引きずって、一列の雷車《らいしゃ》が走り抜けていく。

猿飛木ノ葉丸《さるとびこのはまる》はシートに深く身を預《あず》け、茶色と緑だらけの風景が左から右へと流れていくのをぼんやりと眺《なが》めていた。山間《やまあい》をぬうように蛇行《だこう》して敷設《ふせつ》された鉄路はひたすらに長く、車窓が切り取る景色も変《か》わり映《ば》えがしない。むせかえりそうに茂《しげ》った木々の新緑に、ときおりハナミズキの白やピンクが混《ま》じる。

里に帰ったら、何食べようかなぁコレ……やっぱ一楽《いちらく》のラーメンか？　それともたまには節約して、自炊《じすい》にすっかなぁ……。

風影《かぜかげ》のもとへ届け物を持っていくという、単独任務の帰り道。

木ノ葉丸はすっかり気を抜いて、今日の夕食の心配をしていた。いついかなる任務であろうと常《つね》に油断せず……などと、いつもはボルトたちに偉《えら》そうに言い聞かせているものの、戦闘の可能性がほぼゼロのおつかい任務の帰路ともなれば、緊張感は控《ひか》えめだ。

早く着かねーかな、コレ……。

アクビまじりにぐっと伸びをした木ノ葉丸は、離れた席に座る人影に気が付いて、ふと動きを止めた。

長く伸びた前髪で、顔半分を隠した男――うちはサスケだ。

いつもの黒マントに顔をうずめ、寝入っているようだった。

サスケさんがいるなんて、珍しいなコレ……定期報告かな。

木ノ葉丸は、眠るサスケの様子《ようす》を、興味しんしんで眺めた。

少年のころから端正《たんせい》で有名だった顔立ちは、歳《とし》を重《かさ》ねた今も衰《おとろ》えを見せない。目元にかすかに寄るようになったシワが、元来の整《ととの》った容貌《ようぼう》に渋《しぶ》みを添《そ》えている。そして、閉じたまぶたの裏側には、常人にはけして持ちえない一対《いっつい》の特別な眼――写輪眼《しゃりんがん》と輪廻眼《りんねがん》が潜《ひそ》んでいるはずだ。

世界最強の忍者のひとりで、しかもクールなイケメンとくれば、独身時代にはさぞかし多くの女性の心を惑《まど》わしてきたことだろう。本人がその状況を甘受《かんじゅ》していたかどうかは、また別問題だが。

まさかこんなところで、サスケさんにお目にかかれるとはなぁ。

木ノ葉丸は改めて、車内をぐるりと見回した。母親の膝《ひざ》の上ですっかり眠りこんでいる乳児に、どら焼きを半分こにしている老夫婦、旅行帰りとおぼしき若いカップル。乗り合わせた客たちは、忍《しのび》の血なまぐさい世界とは無縁の、平和を謳歌《おうか》する里人《さとびと》たちだ。

そんな人々の中にしれっと混じって眠っているのだから、気配の消し方も見事と言わざるをえないだろう。

木ノ葉隠《こ は がく》れの里におけるサスケの立場は、非常にとらえがたい。ゲマキカードで激レアになるほどの有名人でありながら里にはあまり姿を見せず、公的には保護観察中の罪人である。味方も多ければ敵も多い——そんなうちはサスケが雷車に乗り合わせていることに周囲が気づけば、大騒ぎになることは必至《ひっし》なのだが、雷車内の誰ひとりとして、この男に気づかずにいた。

木ノ葉丸は、自分もひと眠りしようかと目を閉じた。窓ガラスにこつんと頭をぶつけて、もたれかかる。

次の瞬間——

ドォン！

爆音が響《ひび》き渡り、車両が揺れた。驚いて目を開けると、窓の外に見える雷車の最後尾車両が、黒煙とともに炎を噴《ふ》いている。

「爆発だ！　煙が！」

乗客のひとりが、悲鳴じみた叫び声をあげる。車内はたちまち、パニックに陥《おちい》った。

「イヤ———ッ!!　死にたくない!!」

「やめて！　押さないで！」

「逃げろ！　先頭車両だ！　早く！」

乗客たちは先を争って、狭い通路に殺到した。

「落ち着いてください！」

木ノ葉丸は通路に出て、声を張りあげた。

爆発そのものより、集団がパニックになることのほうがまずい。

「私は火《ひ》の国の忍者です！　爆発は最後尾の車両！　ここからはかなり離れています！

みなさん、落ち着いて冷静に……まずは自分の席で待機してください！」

先頭車両へと誘導すべきか迷ったが、もしこの爆発が人為《じんい》的なものであるとしたら、操縦機関のある先頭車両は狙《ねら》われやすい。

車内はいつの間《ま》にか、静かになっていた。木ノ葉丸の指示によって、乗客たちは多少の秩序を取り戻したようだ。

「私は現場の状況を見てきます。まもなく雷車は停止すると思いますので、完全に止まりきったら、最低限の荷物だけ持って外に出てください。くれぐれも、パニックを起こさないように！」

てか、サスケさんは？

ふと気が付いて車内を探すが、サスケの姿はどこにもなかった。すでに爆発現場に行ってしまったらしい。サスケはどうやら、乗客たちをなだめることより、火災を鎮火《ちんか》させることを優先したようだ。

自分が後《おく》れを取ったことに気づき、木ノ葉丸は大慌《おおあわ》てで窓を開けて屋根へ登ると、爆発の起きた最後尾の車両へと急いだ。


最後尾の十二号車へとやってきた木ノ葉丸は、驚愕《きょうがく》して立《た》ち尽《つ》くした。

激しく炎上していたはずの車両が、なぜか、丸ごと——氷漬《こおりづ》けになっているのだ。凍《こお》りついた窓を蹴《け》り割って中に入ると、ヒュウと頬《ほお》を刺すような冷気が吹きつけてきた。

うちはサスケは、渦巻《うずま》く冷気の中央に立っている。

彼のかざした手の先で、最後までくすぶって座席の木枠《きわく》を燃やしていた赤い火が、みるみるうちに氷に覆《おお》われて消えていった。

「サスケさん……これは一体……」

「木ノ葉丸か」

振り返ったサスケは、凍《い》てついた車内を目で指《さ》して言った。

「見ての通りだ。鎮火した」

「ち、鎮火……まあ、確かに、火は消えてますけど……」

最後尾車両は丸ごと一等席になっていて、他の車両とはずいぶん作りが違っていた。ゆったりとした幅広のソファが向かい合うように作りつけられ、各コンパートメントは重厚なオークの壁で仕切られている。天井は、爆発の衝撃で無残にひしゃげていたが、砕《くだ》けて床に転がったファンつきの照明具は、細《こま》かな彫刻の施《ほどこ》された高級品であることが見て取れる。いずれの調度品も爆風で湾曲《わんきょく》し、焼《や》け焦《こ》げたうえに、今は氷漬けになって見る影もなかった。

「水遁《すいとん》による消火では、高温の水蒸気が生まれてしまう」

圧倒されている木ノ葉丸に、サスケが言う。「だから、水遁に風遁《ふうとん》を組み合わせて、発生する水蒸気ごと凍らせた」

「水遁ならぬ〝氷遁《ひょうとん》〟、ってことですか……」

「近いが、そのものではない。昔、戦った相手がやっていたのを真似《まね》た技《わざ》だが、奴《やつ》の威力にはまるで及《およ》ばん」

及ばない？　これで？

床から天井まで一分《いちぶ》の隙もなく凍りついた車両を見上げ、木ノ葉丸は白い息をついた。水遁と風遁の組み合わせ――言うのは簡単だが、異《こと》なる二つの性質変化を同時に発動させ組み合わせるのは、けして簡単なことではない。

その時、戸口のほうから「ひゃあっ！」と短い悲鳴が聞こえてきた。

「な、なななな、なによこれ……」

立っていたのは、赤い髪をショートカットにした、十代半《なか》ばくらいの少女だ。耳にピアスをじゃらじゃらつけ、両手のネイルもラインストーンやらなんやらでごてごてと飾られている。

「なんで、あたしの席が、凍ってんの……？」

「この車両で爆発があったので、鎮火のための処理です」

木ノ葉丸が言うと、少女が目をむいて叫んだ。

「爆発っ!? いつ!?」

「ついさっきです。車内にいたのに気づかなかったんですか？」

「なんかみんなバタバタしてんなーとは思ったけど……あたし、音楽聞いてたし」

確かに少女の両肩には、オレンジ色のイヤフォンが引っかかっている。

サスケが一歩前に進み出て、抑揚《よくよう》のない声で少女に聞いた。

「今まで何をしていた?」

「何って……小腹がすいたから食堂車で、えーとパスタとー、エスカルゴとー、あとパンナコッタ食べてー、そんでお水テイクアウトして帰ってきたのよ」

そう言って少女は、手に持った炭酸水のグラスを見せつけるように掲《かか》げた。

「他の乗客はどうした?」

「あたしだけよ。ここ、一等車だもん。車両全部貸し切りなの!」

胸を張る娘の顔を、木ノ葉丸はまじまじと見つめた。

……この少女が、たったひとりで一等車に?

「何よその顔」

うさんくさそうな木ノ葉丸の表情に気づいて、少女が口をとがらせる。

「未成年がひとりで雷車乗ってたらダメなわけ?」

「いえ、そんなことは……」

「バカにしないでよね、お金ならあるんだから! あたしはねぇこう見えても……」

「木ノ葉丸、ここへ来る途中に不審者《ふしんしゃ》の気配を感じたか?」

ごちゃごちゃ言おうとした少女をさえぎって、サスケが聞く。

木ノ葉丸は首を横に振った。

「いえ……屋根伝いにここまで来たので、車内の様子までは分かりませんでした」

「この車両に爆弾を仕掛けた犯人は、まだ車内にいるはずだ」

サスケは落ちていたガラスの破片を、木ノ葉丸に投げてよこした。

窓ガラスに使われているものとは明らかに違う、ゆるく湾曲した薄手のガラス片。時限式爆弾に使われる信管の一部だと、木ノ葉丸は受け取ってすぐにピンと来た。

これを使って爆発を起こしたのだとすれば、確かに、忍術を扱《あつか》えない一般の里人による犯行と考えたほうが自然だ。そして、犯人が忍でないのなら、最高速度で走り続ける雷車から逃げおおせるわけがない。

つまり、爆破犯はまだ車内にいるということだ。他の乗客に危害を加《くわ》える前に、至急、確保しなくては。

木ノ葉丸が動き出そうとした瞬間——

ドォン！

またも爆発音がした。

「今度は先頭車両です！」

窓の外をのぞきこみ、木ノ葉丸が短く叫ぶ。

「雷車の速度が上がったな……」

外の景色に視線を走らせたサスケは、そうつぶやくや否《いな》や、窓枠に足をかけ、車両の上へと登った。

「サ、サスケさん……!?」

サスケは車両の上をすごい速さで移動して、あっという間に先頭車両にたどり着くと、もうもうと塊《かたまり》になって立《た》ち上《のぼ》る煙の中に躊躇《ちゆうちよ》なく飛びこんでいった。

落ち着け。

木ノ葉丸は自分に言い聞かせた。緊急時こそ連携《れんけい》が大事だ。

二度目の爆発後にスピードが上がったということは、破壊されたのは速度を調整するコントロールパネル周辺である可能性が高い。だとすれば、即座にかつ安全に雷車を止めるには、動力部を停止させるしかないだろう。それにはサスケの氷の技が有効だ。そして、サスケが雷車停止のために動いているのなら、一方の木ノ葉丸の仕事は必然的に、車内の爆破犯を捕まえることになる。

――という結論にたどり着くまでに、木ノ葉丸が要した時間はおよそ二秒。

サスケのような一流の忍者と行動できるのは非常に貴重な経験だが、なにしろ術の規模も判断の速さも段違いなので、ついていくだけで大変だ。

……ともかく、自分は、車内にいる爆破犯を確保しなくては。

車両を出ていこうとした木ノ葉丸は、ふと気が付いて、振り返った。

一等車両客のあの少女が、氷の壁を物珍しそうにつんつん突いている。

「……絶対にこの車両から動かないでくださいよ。あぶないですから」

「オッケ～」

少女はゆるい返事をすると、氷漬けの壁から垂《た》れたつららをパキンと折り、マドラー代わりにして炭酸水をからからとかき回した。

大丈夫か、こいつ……いや、でも構《かま》ってる余裕ないしなコレ……。

そこはかとない不安を覚えつつ、木ノ葉丸は十一号車へと足を踏み入れた。


二等席が並ぶ十一号車はもぬけの殻《から》で、座席や通路にカバンやら何やらが散乱していた。

乗客たちはすでに、前のほうへと避難したのだろう。すぐ後ろの車両で爆発が起きたのだから当然だ。

木ノ葉丸は、周囲に注意を払いながら通路を進み、十号車へと入った。

この車両も、全員避難したあとで、誰もいない……かと思いきや、座席の隅《すみ》に縮《ちぢ》こまるようにして震えている女の背中があった。

「あの、大丈夫ですか？」

木ノ葉丸が声をかけると、女はビクリと肩を震わせて振り返った。涙で顔をぐしゃぐしゃにして、胸に赤ん坊を抱いている。

どうやら恐怖で動けずにいたようだ。

「あ、あなたは……？」

「木ノ葉隠れの里の忍です。先ほどの爆発は、すでに鎮火しましたのでご安心ください」

「あぁ、よかった……それじゃあ、私もこの子も、助かるんですね!?」

「ええ。落ち着いて座席に座って、待機していてください」

そう伝えて先へ進もうとした木ノ葉丸を、女は「待って！」と呼び止めた。

「お願い、お願いです、ひとりにしないで！　私、怖《こわ》くて怖くて……」

「あの、落ち着いてください」

まいったな、早く爆破犯を探さないといけないのに……。

困りつつ振り返った木ノ葉丸めがけて、女が、突然、抱いていた赤ん坊を放り投げた。

……え？

「あぶね！」

つい飛び出して両手でキャッチしてしまい、マズイと思った時にはもう遅い。ボン、というにぶい音とともに赤ん坊は深紫《ふかむらさき》の装束《しょうぞく》を着た忍者の姿になって、鼻の先にいる木ノ葉丸に向かってクナイを突き出した。

身体《からだ》をのけぞらせてなんとかかわすが、頬をかすめて血が噴き出る。

赤ん坊は忍者の変化《へんげ》！

ということは、母親もグルか。

思った瞬間、真後ろから背中を蹴り上げられる。いつの間にやら母親も忍者へと姿を変え、吹き飛んだ木ノ葉丸の脇腹《わきばら》に向かって右アッパーを打ってきた。

「弱者のフリして油断《ゆだん》させるなんて、性格悪いんじゃねーのコレ……！」

ダン！

木ノ葉丸は勢《いきお》いよく天井を蹴り、体勢を変えて元母親のアッパーをかわした。左に迫《せま》っていた元赤ん坊のクナイは、避《よ》けきれそうになかったので手甲《てっこう》で受け、その勢いのまま裏《うら》拳《けん》で顔面を殴打《おうだ》する。

と、視界の端《はし》にキラリと光るものが見えた。——手裏剣《しゅりけん》！

木ノ葉丸は飛びすさって、通路の奥まで距離を取った。

二人の忍者と、改めて対峙《たいじ》する。

ひとりは初老の男だ。赤ん坊に化けていた名残《なごり》で、首のまわりにはまだよだれかけが巻かれている。もうひとりは身体つきから察するに男性だろうが、顔を布で覆っているので人相が分からない。左目の下にあるほくろだけが、唯一《ゆいいつ》の個性だ。

お互いに武器を構えたまま、じりりと警戒し合う。

「身のこなしから察するに、上忍《じょうにん》の方とお見受けする」

よだれかけを巻いているほうの男が、おもむろに口を開いた。

「さあ、どうだろうねぇ」

敵に情報を与えるのを避けて、木ノ葉丸ははぐらかした。

「木ノ葉の忍者はみんな強《つえ》ぇからな、コレ。オレみてえなのはまだ中忍《ちゅうにん》にもなれてねえかもしれねえぜ？」

「ご謙遜《けんそん》を。巡《めぐ》り合《あ》わせに感謝しますよ」

「は？」

「まさか上忍を直接殺せる機会を賜《たまわ》ろうとは」

強気か。木ノ葉丸は内心で吐き捨てて、ちらりと車窓の外へと目をやった。

わずかだが、速度が落ちている。先頭車両のサスケが、機関部を凍らせて停止させているのだろう。

サスケさんが戻ってくる前に片づけて、いいところ見せてえな、コレ……。

「あなたが出るまでもありません」

ほくろの男が、よだれかけの男の一歩前にすっと進み出ていった。

「この男は、我々で始末します」

「我々？」

木ノ葉丸が、聞きとがめたのとほぼ同時に――

背後の、九号車につながる扉が開いて、新《あら》たな紫色の影がゆらりと姿を現した。

「もうひとりいやがったか……！」

木ノ葉丸は飛びすさる。

これで三対一……と思ったのも束《つか》の間《ま》。

新参者《しんざんもの》の背後に、もうひとり、紫装束の忍者がいた。そして、その後ろにも、さらにその後ろにも。

四対一、五対一、六対一、……十二対一。

生《い》け捕《ど》り希望、なんて言ってる場合じゃない。十二人もの忍者に半円状にぐるりと囲《かこ》まれ、あとずさった木ノ葉丸は扉にトンと背をぶつけて立ち止まった。

いやいや、ちょっと待て。

この狭っ苦しい車内で、この人数を相手に戦うのか？

「ちょ、タンマ……」

十二人の忍者たちの斬撃《ざんげき》が、三方から木ノ葉丸に襲《おそ》いかかる。囲まれすぎて、逃げるスペースもはやない。

影分身《かげぶんしん》――いや、この狭さで乱戦になるのは危険だ。

わ、まじ、どうするコレ……!?

目の前に迫った敵のクナイを、とりあえずかがみこんでかわす。

その頭上すれすれを、すさまじい熱風がかけぬけた。

紅蓮《ぐれん》の炎に追いたてられ、男たちがひるんで後退していく。

これは――火遁《かとん》・豪火球《ごうかきゅう》の術。

「うちはサスケ……!」

ほくろの男が、燃えさかる炎を払いながらあえいだ。

サスケは、床にかがんだままの木ノ葉丸をかばうように立ちはだかると、背を向けたまま「状況は?」と短く聞いた。

「車内の敵は、おそらくこれで全員です。リーダー格は、よだれかけをつけたあのジジイ。彼らの背後にはもっと大きな組織がいる可能性もありそうです」

「生け捕りだな」

「はい」

木ノ葉丸が返事をした次の瞬間、サスケの姿が消えた。

はっと気が付いた時には、端にいた紫装束の男が、ぐらりと身体を泳がせている。男が床に倒れこむと同時に、その隣の男も膝をついてがっくりとくずおれた。

あっという間に、二人を倒してしまった。

「ここは我らに……！」

別の男が、よだれかけの男をかばうように立ちはだかる。サスケは無言で、隠し刀を鞘《さや》に入れたまま突き下ろした。

男はリーダーをかばって、サスケの一太刀《ひとたち》を手甲で受けた。しかし、こらえきれるわけもなく、軽く吹き飛んで壁に叩きつけられる。

圧倒的な戦力差。

よだれかけの男は一瞬の逡巡《しゅんじゅん》ののち、窓に突進した。

パリィン！

ガラスを割って、外へと飛び出していく。

「あっ、待てコラ……！」

木ノ葉丸は、サスケのほうをちらりと見たが、よだれかけの男を気にするそぶりはない。

……てことは、こっちがオレの担当か。

木ノ葉丸はよだれかけの男を追って、窓の外へと飛び出した。

✖✖✖✖✖

サスケは、峰打《みねう》ちや手刀《しゅとう》で、敵を次々と気絶させていった。

移動速度ひとつ取っても桁違《けたちが》いのレベルなので、何人いようとまるで相手にならない。

紫装束の爆破犯たちは、サスケの動きを目で追うことすらできぬまま、バタバタと倒れていく。

ものの数分も経《た》たないうちに、立っている紫装束はたった二人になってしまった。二人のうちひとりは、母親に化けていた、あのほくろの男だ。

「…………」

サスケが降伏《こうふく》を促《うなが》すように、ほくろの男の顔を見つめる。

「クソッ……」

ほくろは、舌打ち混じりに、短い印《いん》を結んだ。

グボッ！

突然、サスケの足元の床から、鋼《はがね》でできた角《つの》状の柱が生《は》え出《で》た。鋭くとがった切っ先がサスケめがけて勢いよく伸びる。サスケはひらりと身をかわし、よけたついでに近くにいた男のアゴを殴《なぐ》って気絶させた。

鋼の柱は、一瞬にして雷車の天井を突き破り、うねりながら天に向かって伸びていった。見たことのない忍術だ。なかなかの威力だが、サスケの敵ではない。

ともかく、これで、あとひとり。

最後に残ったほくろの男を、サスケは底知れぬ黒い瞳《ひとみ》で、まっすぐに見据《みす》えた。

「くっ……来い、うちは！」

ほくろの男が、ヤケクソのように背中の剣を抜いて構えた、その時。

「ねぇ、なんか雷車止まってなーい？」

場違いに、能天気な声が響いた。

ほくろの男の背後のドアが開き、一等車に乗っていた少女が、ひょっこりと顔をのぞかせている。

「逃げろ！」

サスケが叫ぶと同時に、ほくろの男が床を蹴る。少女に向かって突進し、細い身体を抱《かか》え上《あ》げた。

「……へ？」

事態を把握《はあく》できず、少女がきょとんと首を傾《かし》げる。

サスケがとっさに投げたクナイが、ほくろの男の腹に刺さった。しかし男の動きは止まらず、少女を窓に向かって、ボールのようにぶん投げた。

「きゃあああああッ!!」

ガシャァン!

窓ガラスが割れ、少女は車外に放り出される。

「チッ……」

サスケは舌打ちとともに、窓を蹴り壊して飛び出した。少女の身体を空中でキャッチして、地面に着地する。

「なななななんなのっ!? 怖すぎんだけど! なんなのあの男!? チョー死ぬところだったんですけど!?」

これだけ騒げるならたいした負傷はないだろう。それより問題は、あのほくろだ。

サスケは小脇に抱えた少女をその辺の茂みの上にぼさっと落とすと、車両のほうへ向き直った。

飛び上がって窓枠に足をかけ、中をのぞきこむ。

——案《あん》の定《じょう》、ほくろの男は自決していた。

車内は、天井まで真っ赤《まか》に染まっていた。ほくろの男は血まみれで、壁に寄りかかるようにして座りこんでいる。首筋《くびすじ》の出血から察するに、床に落ちたクナイで掻《か》っ切《き》ったのだろう。足首の先がかすかに痙攣《けいれん》しているが、見開かれた両眼は完全に瞳孔《どうこう》が開ききっていて、もはや絶命しているのは明らかだ。

やられたな……。

サスケは、床にうつぶせに倒れた別の男をひっくり返した。左胸にクナイが刺さり、血がにじんでいる。他の男たちも調べたが、同様に、みなトドメを刺されて死んでいた。ほくろの男が、情報の流出を恐れて、殺したのだろう。

サスケは忌々《いまいま》しげにため息をついた。爆破犯とはいえ、人が死ぬのは本意ではない。犯人たちについての情報を聞き出すことが不可能になってしまうし、なにより現火影《ほかげ》が、人が死ぬことを嫌《いや》がる。

木ノ葉丸が追いかけた、あのリーダー格の男だけでも、せめて捕まえることができればいいのだが。

サスケは十一体の死体に背を向け、車両の外へと降り立った。

先ほどの少女が、土の上にぺたんと尻《しり》もちをついて、へたりこんでいる。その瞳はかぼそく震え、驚愕に揺れていた。

「……どうした」

尋常《じんじょう》ならざる少女の様子に気が付いて、サスケは声をかけた。

「あ……あ……」

声をわななかせ、少女は、震える指を持ち上げた。

指の先を追って振り返り、サスケは、自分の最後の望みがもはや潰《つい》えていたことを知った。

車内で男たちと戦った時、ほくろの男が繰《く》り出《だ》した鋼の忍術。床から生えた鋼は座席をねじり倒し、天井を貫通《かんつう》して、するどく天に向かって伸びている。

伸びた鋼の切っ先に、あのリーダー格の男が、串刺《くしざ》しになっていた。

百舌鳥《もず》が枯れ枝に刺した早贄《はやにえ》のように。

✖ ✖ ✖ ✖ ✖

車外へと飛び出した木ノ葉丸は、逃げるよだれかけの男の背中に向かって、声を張りあげた。

「待ってってコレ！　どうせ逃げらんねえんだから降伏しろ！」

よだれかけの男は、線路脇に広がる森のほうへ逃げこもうとしている。

木ノ葉丸は、手首の内側につけた科学忍具《にんぐ》のツマミを回し、射出口から飛び出た小さな巻物を握《にぎ》りしめた。

中に収納されているのは、雷遁《らいとん》による電流攻撃。ただし、並みの忍者に使っても殺さずに済《す》み、なおかつ身体を麻痺《まひ》させ動きを止められる程度に計算された強さのもの。

木ノ葉丸がかざした手のひらから、電撃が放たれる。バチバチと音を立てながら、金色の竜《りゅう》のように宙を駆け、よだれかけの男の背中を直撃した。

バチバチィ……！

男がつんのめり、びくりと身体を震わせた——が、すぐに持ち直し、何事もなかったかのように走り始めてしまう。

あれ？　不発か？？？

木ノ葉丸は、頭の中をクエスチョンマークでいっぱいにしながらも、とりあえずよだれかけの男を追いかけた。先ほどの電撃は、科学忍具班の測定のもと、確実に相手を殺さずに麻痺させるだけの電流を、計算して用意されたものだ。そして、電撃は確かに男に当たった。

……まさか、電流に耐性《たいせい》があるのか？

考えながらも、木ノ葉丸は雷車の上によじ登り、迅速《じんそく》に鎖鎌《くさりがま》を放った。鎖の先端についた分銅《ふんどう》が、よだれかけの男の足をとらえる。

まずは接近戦に持ちこむぞ、コレ！

木ノ葉丸はぐいと鎖鎌を引いた。

ぶわん、と男の身体が宙に浮く。

弧《こ》を描いて引き寄せられてきたよだれかけの男は、その勢いをカウンターに、木ノ葉丸の顔面めがけて拳《こぶし》を打ちこんだ。木ノ葉丸は左手でガードして、近くに来た男の頭を両手で抱えこんだ。自分の頭も割るくらいのつもりで、思いっきり頭突きをかます。

ドゴォッ！

音と衝撃が、もろに頭がい骨を揺らす。

痛む鼓膜《こまく》に耐えて、木ノ葉丸は素早《すばや》くチャクラを練《ね》り上《あ》げた。

——螺旋《らせん》が……

一瞬早く、男が首元のよだれかけをはぎ取った。よだれかけを握りしめたまま、木ノ葉丸の足首をむんずとつかむ。足首に、布地とは明らかに違う、小さな固い感触が当たった。

しまった！

木ノ葉丸が足首をよじりかけた瞬間——

ボン！

よだれかけが爆発した。

右足に激痛が走る。とっさに足を引いて直撃は逃《のが》れたものの、爆弾の破片がふくらはぎにもろに刺さり、いくらかは肉塊《にくかい》になって辺《あた》りに散った。

もちろん、素手《すで》で爆弾を押さえていた男の右手はきれいに吹き飛んでいる。男は手首から先のなくなった腕を、木ノ葉丸の顔面に向かってブンと振り回した。

男の手首から噴き出た血が、木ノ葉丸の両目にまともに入る。

「……っ！」

両目に耐えがたい痛みが走る。しかし木ノ葉丸は根性で目を開け続け、ゆがむ視界に目を凝《こ》らして、男の右腕をねじり上げた。

「お前ら、目的はなんだ！　なんでこの雷車を狙った！」

男が、挑発的に目を眇《すが》めた。

「目的か？」

「そうだな、直近の目的は……お前を殺すことだ！　木ノ葉の忍！」

男が、木ノ葉丸を蹴り飛ばす。

右足にダメージを負《お》った木ノ葉丸の身体は、たやすく揺らいだ。しかし反動で、男自身も、後ろによろめいた。

――今だ！

木ノ葉丸は、手のひらにチャクラを集中させた。

今度こそ、螺旋が……

次の瞬間、よだれかけの男の身体を、黒々とした鋼の柱が貫《つらぬ》いた。

「がっ……！」

男が吐いた血が、宙に散る。だらりと投げ出された両足が、虚空《こくう》をかきながらひくひくと痙攣する。

「……っ!!」

木ノ葉丸は、足を引きずりながら、男の顔のほうに回った。

鋼の柱は、車両の天井を突き破って生えていた。中で誰かが忍術を使って繰り出したのだろう。

男は、白目をむいて、頬を引きつらせていた。だらりと垂れた舌の裏から、細かな血泡《けつほう》が湧《わ》いている。垂れた血液の最初の一滴がぽたりと落ちて、木ノ葉丸の靴に染《し》みを作った。

死んでる。

「クソォ……」

そうつぶやくと同時に、木ノ葉丸はふらりとその場に倒れた。ふくらはぎに刺さった金属片を、ヤケクソ混じりに一枚引き抜く。

サスケに合わせる顔がない。

情報を得られなかったうえに、敵を死なせてしまうなんて。

一章

SASUKE SHINDEN

「こーのーはーまーるー先っ生ェ――――っ!!　お見舞いだってばさ――!!」

病室のドアが勢《いきお》いよく開け放たれ、威勢のいい声が病棟《びょうとう》に響《ひび》いた。

真っ先に飛びこんできたのは、うずまきボルト。お見舞いだと自《みずか》ら宣言しているわりに、完全に手ぶらだ。

「ボルト!　あんたウルサイわよ!　ここ病室なんだから、静かに!」

ボルトを叱《しか》りながら入ってきたうちはサラダは、胸に桜の花束《はなたば》を抱《かか》えている。

「調子はどうですか?　木《こ》ノ葉丸《はまる》先生」

最後に、落ち着いた物腰で、ミツキが入ってきた。

入院初日にもかかわらず早くも退屈しきっていた木ノ葉丸は、愛弟子《まなでし》たちの登場に、うっかり喜びを顔に出しそうになったが、すんでのところでこらえた。

「おいおい、お前ら、任務はどうしたんだ」

師匠《ししょう》の威厳を保《たも》って、鷹揚《おうよう》に言う。

「今日は任務ナシ!　だから朝早くから並んだんだってばさ!」

「並んだって、何に」

「これですよ」

ミツキが、手に持った紙袋の中から四角い包みを出した。包装紙に書かれた店名は、里で最近人気の和菓子屋のものだ。一日四百個限定の苺大福《いちごだいふく》は特に評判で、開店前から並ばないと買うことができないともっぱらの噂《うわさ》だったりする。

「みんなで並んだんですよ～、苺大福」

桜の枝を花びんに生けながら、サラダが嬉《うれ》しそうに言う。ミツキから箱を受け取ったボルトが、待ちきれないとばかりに包装紙を破いてフタを開けた。折詰《おりづめ》の中に、和紙に包まれた苺大福が、きちんと列をなして並んでいる。

自分のために、三人そろって朝から並んでくれたのか——。

木ノ葉丸は、胸の奥がほわんと温かくなるのを感じた。

「お茶淹《い》れますよ。給湯室《きゅうとうしつ》どこですか？」

「ああ、いい。オレが用意する」

ミツキを手で制して、木ノ葉丸はベッド脇《わき》の松葉杖《まつばづえ》を手に取った。

「寝たきりだと気が滅《め》入《い》るからな。無理やり用事を作ってでも、部屋の外に出たいんだ」

木ノ葉丸がいそいそと病室を出ていく。

ボルトたちは、病室の端《はし》に積み上げられていた丸椅子《まるいす》を引っ張り出してきて、めいめいに腰かけた。

「それにしても、木ノ葉丸先生ほどの忍者が、重傷を負《お》って入院するなんて……」

心配そうにため息をついたサラダに、ミツキがうなずいて同意する。

「乗客にケガ人が出なかったのは幸《さいわ》いだけどね」

サラダは病室のテレビをつけた。

ちょうど昼前の情報番組をやっている時間帯だ。画面に映ったのは、金髪の少女だった。マイクを向けられ、何やらインタビューを受けているらしい。

「誰これ？」

サラダが首を傾《かし》げると、

「姫野《ひめの》リリィだよ。サラダ、知らねーの？」

と、ボルトが目を丸くした。

「だってあんまりテレビ見ないんだもん。この子、何なの？　タレント？」

「アイドルだよ。最近人気で、テレビにもたくさん出てんだぜ」

言いながら、ボルトはさりげなく苺大福を取って、包み紙を開き始めた。

つられるように、ミツキとサラダも手を伸ばす。

ふーん。アイドルねえ、この子が……。

苺大福の包み紙をはがしながら、サラダはぼんやりとテレビ画面を眺《なが》めた。

画面の中のリリィは、確かに可愛《かわい》らしい顔立ちをしていた。フリルとリボンがこれでもかというほど縫《ぬ》いつけられたミニワンピースに、白いブーツ。肩の下まで伸びた金髪にはゆるいウェーブがかかっている。年齢は十代半《なか》ばくらいだろうが、話し方も挙動もあどけなくて、もっとずっと幼《おさな》く見える。

アイドルかぁ……あんまり興味ないけど、この子、どんな歌うたうんだろ？

ぼんやり考えながら、苺大福を一口食べたサラダは、感電したようにその場に飛び上がった。

「なにこれ！　おいしい!!」

「そうだね」

ミツキが淡白《たんぱく》に同意する。

「んー、うめえけど。オレは、かーちゃんが作ってくれるぜんざいのほうが好きだな」

小癪《こしゃく》なことを言いながらも、ボルトは早くも二個目の苺大福に手を伸ばした。

は〜、この苺大福……すっごい……すっごく……すっごい……。

おいしさのあまり語彙力《ごいりょく》を失い、サラダは幸福に包まれながら、噛《か》みしめるようにひとつ目を食べ終えた。もうひとつ食べるのは木ノ葉丸が戻ってくるまで待とうかと、一瞬思ったが二秒で思い直し、いそいそと手を伸ばす。

つけっぱなしのテレビ画面からは、音楽が流れ始めていた。どうやらリリィが新曲を披《ひ》露《ろう》するらしい。

――まちゅまろハート　姫野リリィ
画面に表示された曲名を見て、サラダは軽い頭痛を覚えた。

カラフルなライトに照らされたリリィが、くねくねと腰をよじりながら、舌ったらずに歌い始める。

まちゅまろ　まちゅまろ　マッシュマロ～♪
マシュマロ食べてー♪　ねっちゃねちゃー♪
ゴーゴー♪　ゴートゥー♪　ヘルアンドエンジェルー♪

「なんじゃそりゃぁっ!!」

耐えきれずにツッコミを入れたサラダの絶叫が、病室に響き渡った。

ボルトが迷惑そうに振り返る。

「サラダ、うるせーってばさ。ここ病室なんだから静かにしろよなー」

「あ、あんた、この歌詞になんにも思わないの？　ヘルアンドエンジェルとか、マシュマロねっちゃねちゃとか、意味分かんないじゃないの！」

「別に歌詞なんてどーでもいいってばさ」

そう言うと、ボルトは苺大福を一口にほおばった。歌より食い気らしい。

「私だって、別に、気にしてるわけじゃないけど……でも、なんか、こんな謎の歌詞を発信されて動揺せずにはいられないっていうか……」

サラダは、恨《うら》めしげにチラリとテレビを見やった。カメラ目線のリリィが「まちゅまろもふもふ　もふふふふ～♪」と、わけの分からない歌を熱唱している。

「あぁっ、やっぱダメ！　聞くに堪《た》えない！」

サラダは、リモコンにダンと拳《こぶし》を振り下ろして、テレビを消した。

「そうかな。ボクは結構《けっこう》、面白《おもしろ》い歌だと思うけどね」

ひょうひょうと言うと、ミツキは『もふもふ　もふふふふー』と、先ほどの歌を口ずさみ始めた。

男の子って、よく分かんないなぁ……それにしてもこの苺大福、本当においしい……。

無心に苺大福を食べながら、三人がとりとめもない雑談をしていると、木ノ葉丸が入ってきた。松葉杖をつきながら、湯呑《ゆのみ》の載《の》ったお盆を器用に片手で持っている。

「あ!? なんだお前ら、先に食べてやがったな」

笑った声で言いながら、木ノ葉丸は、湯呑を順番に三人に手渡した。

「雷車《らいしゃ》を襲った連中については、何か分かってねーの？」

お茶をすすりながら、ボルトが聞いた。「爆破の目的とかさ。複数犯の犯行だったんだろ？」

「めぼしい情報はまだない。手掛かりになりそうなのは、奴《やつ》らが紫《むらさき》装束《しょうぞく》を着ていたことと……それから、やたらと耳に穴が空《あ》いてたことくらいか」

「穴？ ピアスホールってことですか？」

ミツキが怪訝《けげん》そうに聞き返した。

「あぁ。死体を検視した医療班が言うには、全員、耳たぶから軟骨にかけて、五つのピアスホールが空いていたそうだ」

「集団の団結を示すサインでしょうか？ ボクたちの額当《ひたいあ》てのような……」

「断定はできんがな。実際に戦ってみた印象だが、奴らの戦闘力自体はさほど脅威《きょうい》だとは感じない。リーダー格をのぞけば、中忍《ちゅうにん》レベルってところだ。だが連中の厄介《やっかい》なところは——」

「完全に捨て身で来る点」

察しのいいサラダが、木ノ葉丸の言葉の先を継《つ》いで言う。

「そうだ」

と、木ノ葉丸は深刻にうなずいた。「捕まって敵に情報を与えるくらいなら、仲間もろとも死を選ぶ。そんな連中を相手に生《い》け捕《ど》りを目指《めざ》すのは、至難《しなん》だ。ただ殺すより、よっぽどな」

「忍術が使えるのに、わざわざ爆弾を使って車両を爆破したのも気になるってばさ」

連中の目的が、里人《さとびと》を狙《ねら》っての無差別的な攻撃だとしたら……対策が後手に回れば、甚《じん》大《だい》な被害が出る可能性がある。人でにぎわう新市街で真昼間に爆破事件でも起こされたりしたら――

情報がなさすぎて、現況がどれほど差《さ》し迫《せま》っているのかも分からない。

四人は言葉を失って、黙りこんだ。しん、と病室が静まり返る。

「……苺大福でも、食うか！」

暗い雰囲気を振り払うように、明るく言ったのは、木ノ葉丸だった。

苺大福の箱のフタを持ち上げるが――中身は空《から》っぽだ。

「え!?」

木ノ葉丸は驚愕《きょうがく》して、箱の中身を四度見した。

何度見直しても、何も入っていない。

「お、お前ら……苺大福はどうした……」

声に動揺をにじませながら、三人のほうを見る。

「ボクは二つしか食べてません」

ミツキがすかさず主張した。

「私も、三つしか食べてないです」

「オレも四つしか食べてないってばさ」

「計算バッチリじゃねえか！　九個しかなかったんだからコレェ！」

目を三角にして怒る木ノ葉丸を、サラダが「まあまあ」となだめた。罪悪感はあるが、本当においしかったので後悔《こうかい》はない。

「ま、また買ってきますから」

「いらん……そんな時間があるなら修業にあてろ……」

気丈《きじょう》に言ってみるものの、木ノ葉丸はすっかり肩を落としている。

ミツキが苦笑《にがわら》いしながら、とりなすように話題を変えた。

「先生、退院はいつごろなんですか？」

「それがなぁ……」

木ノ葉丸はふと表情を引きしめると、ギプスで保護された右足首に目をやった。

「ケガ自体はたいしたことはないんだが、どうやら爆弾に、軽度の麻痺《まひ》を誘発する毒が仕込まれていたらしい。解毒が済《す》むまでは、入院必須《ひっす》だそうだ。三週間」

「三週間も？」

サラダが心配そうに聞き返す。

「その間、オレたちの班はどうなるんだってばさ？」

「それなんだがな」

人の気配を察し、入口のほうをちらりと見ると、木ノ葉丸は楽しげに微笑《ほほえ》んだ。

「代わりの人物が、お前らを担当することになった」

「代わりの人物？」

聞き返したミツキに、木ノ葉丸は含みのある笑顔を向ける。

「安心しろ、かなりの強者《つわもの》だ。まぁ、控《ひか》えめに言ってだな……ヤバいくらいに強い」

「マジかよ～っ！　望むところだぜ！」

ボルトが興奮したように、両手を握《にぎ》りしめる。

もったいぶる木ノ葉丸に、サラダがじれったそうに聞いた。

「で、誰なんですか？　その、代わりの人物って」

「オレだ」

低いがよく通る、涼《すず》しげな声。三人全員、その声色《こわいろ》を聞いただけで、それが誰のものなのかをすぐに察した。

入口のほうを振り返ると、サスケが、いつもの無表情で立っている。

「うそっ!?」

パパが私たちの先生にっ!?

喜びのあまり、素《す》の反応をしてしまったサラダは、はっと自分を取り戻すとコホンと咳《せき》払《ばら》いをし、

「……へー。パパが、私たちの先生になるんだ」

と、冷静なスタンスで言い直した。

「ああ。しばらく里に滞在することになったからな」

「まじかよー！　やったぜーっ！」

はちきれんばかりの笑顔で、腕を振り上げたのはボルトだ。目をキラッキラに輝かせ、嬉しさをみじんも隠さずに笑顔を弾《はじ》けさせている。

その隣で、ミツキも、期待に満ちた顔で微笑していた。

✖✖✖✖✖

サスケのおっちゃんに、忍術を教えてもらえる！

ボルトは、心が高揚《こうよう》するのを抑《おさ》えきれなかった。修業場所に指定されたのは、里の外に広がる森の一角。そこに向かう足取りも、ついうきうきと弾《はず》んでしまう。

ボルトの目標は、サスケのような忍《しのび》になって、火影《ほかげ》を支《ささ》えること。だからサスケは、ボルトにとって、夢そのものだ。そのサスケが班の先生になるというのだから、テンションが上がらないはずがない。

ボルトは以前にも、サスケから修業をつけてもらったことがある。短い期間ながら得るものは多く、父との関係を見つめ直すきっかけにもなった。サスケと過ごした時間は、ボルトにとって宝物だ。

あれから数々の任務を乗り越えて、オレだってちょっとは成長したはずだ。今のオレの力を、サスケのおっちゃんに見せてやるぜ！

と、はりきってのぞんだ、修業初日——

ドゴゴゴゴゴゴッッ　ズッシャァァァァァァァン！！！

サスケが放ったクナイがすさまじい勢いですっ飛び、森の木を片っ端《かたぱし》からなぎ倒し、遠くに立ちはだかる崖《がけ》を盛大に粉砕したのを、ボルトは絶句して見つめた。

「クナイでこんな威力が出るのか」

「パパってやっぱすごい……しゃーんなろーだわ……」

隣で、ミツキとサラダがつぶやく。

はるか遠くの崖肌《がけはだ》が、ズシンと土煙をあげながら滑《すべ》り落《お》ちていく。

クナイの一撃で、あんなんなるのかよ……!?　どうなってんだ……。

サスケはクナイを、ただ投げたのではなかった。指先にクナイを引っかけた状態で、チャクラを練《ね》り上《あ》げ、そして――一瞬のことだったが、確かに、電気を放《はな》った。仕組みはよく分からないが、次の瞬間、クナイは激烈な勢いで飛んでいって、遠く離れた崖肌を粉砕したのだった。

サスケは平然とした様子《ようす》で腕を下ろすと、三人のほうに向き直った。

「この技《わざ》は――まだ、お前たちには早いかもしれん」

じゃあなんで見せたんだよ。

三人の心の中で、無言の抗議が重《かさ》なる。

サスケはしれっとした様子で、革袋《かわぶくろ》の中から小さなサイコロを取り出した。二つずつ取り出し、ボルトたちに片手で渡していく。

「最初の課題だ。このサイコロを忍術でゾロ目にそろえてみせろ。ただし、サイコロには一切《いっさい》手を触れないこと」

手を触れずに、サイコロの目をそろえる？

三人が、不思議そうに顔を見合わせた。

「方法はいくらでもある」

サスケは短く言うと、サイコロを二ついっぺんに投げ上げた。続けざまに懐《ふところ》から手裏剣《しゅりけん》を出して、軽く放る。

手裏剣はくるくると回転しながら飛んでいき、落下する二つのサイコロの角《かど》を、順番にかすめた。弾かれたサイコロが草むらの上に転がる。手裏剣のほうは、ブーメランのようにカーブを描いて、サスケの手元へと戻ってきた。

ボルトたちはしゃがみこんで、サイコロの目を確認した——どちらも、六。

「すっげぇ～……！」

ボルトは、目を真ん丸にしてつぶやいた。

ミツキもしげしげとサイコロを眺めていて、サラダはそんな二人に対して、ちょっと得意げな視線を注いでいる。

分かってたけど、サスケのおっちゃんって、やっぱ超すげえ〰〰っ!!


かくしてボルトたち第七班は、サイコロの目をそろえるという、地味な修業に取り組むこととなった。

それぞれ自分のサイコロを、切《き》り株《かぶ》や石の上に置いて、対峙《たいじ》する。

この小さなサイコロを動かすために、自分に一番合っているのはどんな方法か――まずはそれを考えるところから始める。

「あたしは、やっぱ手裏剣かなっ」

サラダはそう決めると、まずは様子見で、切り株の上のサイコロに向けて軽く手裏剣を投げてみた。

タン!

手裏剣は、サイコロから数センチ逸《そ》れたところに刺さった。風圧でサイコロがかすかに動いたが、ひっくり返るには至《いた》らない。狙いが遠すぎたかと、今度はもう少し近いところを狙ってみる。しかし手裏剣自体がサイコロに当たると、今度はサイコロが割れてしまう。

サイコロは、よく見れば、角砂糖に水飴《みずあめ》で色付けして作られていた。そのため極端に軽く、少しの衝撃で、ぼろぼろと簡単に崩《くず》れてしまう。強すぎず弱すぎない微妙な力加減で動かさなければ、思い通りの目を出すことはできないということだ。

ミツキは、風遁《ふうとん》を使って風を起こし、サイコロを転がすことにしたらしい。軽いそよ風をサイコロに向かってぶつけて、上手《うま》いことサイコロを転がす……つもりが、サイコロはぴゅーんと勢いよく吹っ飛んでしまった。

そして、ボルトは——

「オレが得意なのは、螺旋丸《らせんがん》だってばさ!!」

螺旋丸のチャクラの流れを利用して、サイコロを回転させることに決めていた。

まずは手のひらの上で、小さな螺旋丸を作ってみる。すると、まだ当ててもいないというのに、風圧だけであっという間にサイコロは吹き飛んでしまった。

「あぁ～……」

角砂糖が崩れず、かつ吹き飛ばない程度の力を同時に二つの物体にぶつけ、狙い通りの数だけ転がして目をそろえる——

それは地味に見えるが、とんでもなく繊細《せんさい》なパワーコントロールを求められる作業なのだった。

「だーっ！」

「てやーっ！」

「えいっ！」

「ハァッ！」

「あぁっ、また割れた！」

「クッソー、絶対やってやるってばさあ！」

ぎゃあぎゃあ言いながら一生懸命修業に取り組む三人の姿を、サスケは離れたところから立ったまま見守っていた。

頭をよぎるのは、自分がまだ下忍《げにん》だったころの記憶だ。カカシの指導のもと、ナルトとサクラとともに修業に明け暮れた日々のこと。

第七班が行動をともにした時間は、ごく短かった。忍を目指した理由も、みんな違った。それでも、あの短い時代は今でも、サスケの中に深く根づいている。

らしくもなく昔を懐《なつ》かしむような気持ちになっている自分に気づいて、サスケは苦笑した。

と同時に、時代とともに社会が変わったことを、しみじみと実感する。

ただひたすらに強い忍が求められる時代は終わった。戦いに満ちた、むなしく血なまぐさい乱世が終わりを告《つ》げ、忍の戦い方も変わりつつある。

もはや、敵を殺すだけが、戦闘ではない。

平和を維持《いじ》するために必要なのは、武力ではなく、安定した社会と他国との均衡《きんこう》。今の時代に必要なのは、ただ強いだけでなく、あらゆる状況に臨機応変《りんきおうへん》に対応できる忍だ。

ナルトの働きで、木ノ葉隠《こはがく》れの里は変わった。争いの時代が終わり貿易が盛んになったことで、それぞれの国は発展を分かち合えるようになった。火《ひ》の国は著《いちじる》しい近代化をとげ、里人は生命をおびやかされたり、日々の生活を気に病《や》まなくてもよくなった。

平和を謳歌《おうか》する木ノ葉の里人は、戦乱の世の記憶を失いつつある。里の平和のために、ひとりで咎《とが》を背負《せお》いこみ自らの一族を手にかけた男がいたことなど、忘却《ぼうきゃく》の彼方《かなた》だ。

それでもいい、と思えるようになった。兄のことは、自分が覚えている。それで十分だ。

現代を生きる新しい世代までもが、喪《も》に服す必要などない。

それに――サラダやミツキ、ボルトを見ていると、里のために自分を犠牲《ぎせい》にした兄の気持ちが、分かる気がしてくるのだ。

新世代の子供たちが、木ノ葉隠れの里の教えを糧《かて》に成長していく姿。兄が守りたかったものが、この里に受《う》け継《つ》がれているのだと感じるたびに、サスケは胸がすく思いがした。

長い長い戦いに明け暮れたことも、無駄《むだ》ではなかったと思えてくる。

教育。

それこそが、里を守り国を守るため、最《もっと》も重要なものなのかもしれない。

「サスケのおっちゃん！　師匠なんだからコツとか教えてくれよ！」

声をかけられ、サスケはふと顔を向けた。見慣《みな》れたものよりさらに青みがかった二つの目が、屈託《くったく》もなくこちらを見上げている。

「なんだ、ボルト。どうした」

「螺旋丸とか手裏剣とかいろいろ試してるけど、全然上手くいかねえんだよ。さっきの手裏剣、どうやったのか教えてくれってばさ！」

「コツか？　そうだな……」

サスケは手裏剣を手に持った。

「………」

はたと、言葉に詰まる。

息を吸うのと同じで、意識せず感覚でやっている動作なので、改めて聞かれると非常に言語化しづらい。

「こう持って……投げる」

「……～～～～それじゃあ分かんないってばさ！」

説明になっていない説明に、ボルトが地団太《じだんだ》を踏む。

「威力の調整はどうやるんです？　手首のスナップ？　それとも、指先の力加減ですか？」

ミツキが補足して、ボルトよりも具体的な質問をした。

「そうだな」

サスケは自分の手のひらを見つめて、しばし考えた。

コツ、のようなものは、おそらくある。感覚では分かっている。しかし、言語にするのが難しい。

「………調整の仕方は……」

ぐっ、と三人が前のめりになる。

「……狙いを定《さだ》めて………こう、投げる」

我ながら、伝わらない。

はぁー、と子供たちのため息がぴたりとそろったのを聞いて、サスケは我《わ》がことながら苦笑してしまった。

オレは、教育者には向いてないな。

その点、カカシは、言葉が上手かった。ろくに周《まわ》りに伝えずに大抵《たいてい》のことを済《す》ませようとする自分と違い、カカシはいつも、適切な言葉を適切な量で操《あやつ》って、どんなことも分かりやすく後進に伝えた。

カカシと比《くら》べれば、オレは師匠としてまだまだだな——そんなことを思い、サスケは内心で自嘲《じちよう》したのだった。

✖ ✖ ✖ ✖ ✖

結局、日が暮れるまで練習したにもかかわらず、ボルトはサイコロの目をそろえることができなかった。

螺旋丸で強敵モモシキをぶっ倒したことだってあるのに……角砂糖ひとつ思い通りに転がせないなんて、屈辱《くつじよく》だ。

家に帰ってからも、サイコロ修業のことで、頭がいっぱいだった。

風呂に入りながらも昼間の練習を思い出して、湯船の中で両手を広げてみる。濡《ぬ》れた天井から落ちた水滴が、手のひらの上で水面を割った。

こんな小さな水滴でさえ、水面にぶつかれば波紋を生むのだ。角砂糖を崩さずにチャクラをぶつけるなんて、無理じゃないか——。

弱気になってんじゃねえってばさ、オレ！

ボルトはひとりでぶんぶんと頭を振って、めげそうになっていた自分を叱咤《しった》した。

しょっぱなからつまずいてる場合じゃない。オレは、サスケのおっちゃんの弟子なんだから！

気を取り直して、濡れた両手を目の前にかざす。

「角砂糖を崩さないくらい、やさしく……」

イメージトレーニングのつもりが、うっかり本気でチャクラを練ってしまい、風呂の水面がぐるぐると渦《うず》を巻き始めた。

「ボルト？　こんなところでチャクラ練ったらだめよ。お風呂場が壊れちゃう」

すかさず母のヒナタが顔をのぞかせて、釘《くぎ》を刺す。

ヒナタは白眼《びゃくがん》の使い手で、チャクラの流れに敏感なのだ。

「ふ、風呂のぞかないでくれってばさ！　かーちゃん、家で白眼使うのもやめてくれよ！」

「ふふ。チャクラの気配を感じたから、つい、ね」

風呂から上がると、ヒマワリが、リビングで音楽番組を見ていた。

スタジオで歌い踊っているのは、姫野リリィだ。カラフルなスポットライトを浴びて、汗を散らしている。

「マシュマロ食べてー♪　ねっちゃねちゃー♪」

ヒマワリの視線はすっかりテレビに釘づけだ。リリィの歌声に合わせて、メロディを口ずさんでいる。

「ヒマワリ、姫野リリィ好きなのか？」

ボルトが聞くと、ヒマワリは「うん！」と嬉しそうにうなずいた。

「リリィちゃんかわいいし、歌もダンスも上手《じょうず》だから」

そうなのか。

ボルトはテレビ画面に視線を戻した。リリィの顔がアップになる。かわいいかどうかはピンと来なかったが、目の色はキレイだと思った。深紫《ふかむらさき》の瞳《ひとみ》は明るく澄んで、まるで虹《にじ》のふちの色みたいだ。

ゴーゴー♪　ゴートゥー♪　ヘルアンドエンジェルー♪
ゴーゴー♪　ゴートゥー♪　ヴァイオレットムーン♪

サラダが言っていた通り、改めて聞くとけったいな歌詞だ。

✖✖✖✖✖

サイコロを使った修業は、翌日も続いた。

「あ～～～～～っ!!!」

サラダの悲痛な絶叫が、森中に響き渡る。切り株に刺さった手裏剣の隣にある二つのサイコロの目は、三と四。

「あとちょっとで、そろったのに……」

「へへーんだ、一番乗りは絶対オレだってばさ!」

がっくりと膝《ひざ》をつくサラダをしり目に、ボルトが調子に乗っていきがってみせる。

その直後、

「あっ!」

ひしゃげた悲鳴とともに、目をむく。チャクラの気流をもろにぶつけて、サイコロを真っ二つにしてしまったのだ。

「一番乗りに一番近いのはボクだったりするのかな」

笑った声で言いながら、ミツキは印《いん》を結んで風遁を発動した。

試行錯誤《さくご》を繰《く》り返《かえ》す三人に、サスケが声をかける。

「今日は修業メニューを増《ふ》やすぞ」

「へえ。どんな？」

「電磁誘導投擲《ローレンツガン》だ」

なんだって？

首を傾げながらサスケの後ろをついていけば、連れてこられたのは切り立った崖の上だ。昨日《きのう》、サスケがぶっ放したクナイのおかげで、遠くに見える岩山は表面が削《けず》れて、雪崩《なだれ》を起こしたようになっている。

「この技は雷遁《らいとん》を応用する」

三人はこくんとうなずいた。

サスケが、クナイを取り出す。昨日使っていたのと同じ、赤銅色《しゃくどういろ》のクナイだ。

「ねえパパ、なんでそのクナイ、赤っぽいの？」

「銅のクナイだ。電気をよく通す」

サスケはクナイを手に構《かま》えた。

「従来の雷遁による攻撃は、主《おも》に、強い電圧を相手にぶつけてダメージを与えるタイプのものだった。ボルト、お前の紫電《しでん》がそうだ。しかし、今から見せる技は、原理が違う。強い電流が流れる時、その周囲に磁場が生まれることを利用してクナイを飛ばす。最近、科学忍具班《にんぐはん》が発見した原理で、仮に電磁誘導《でんじゆうどう》と名づけられている」

科学忍具班、と聞いて、ボルトは露骨に顔をそむけた。

サスケはクナイを持つと、遠くに見える岩肌に向け、片方しかない腕をまっすぐに伸ばした。広げた手のひらの中指に、銅のクナイをひっかけている。

「標的《ターゲット》に向かって立ち――二本の電撃を、平行に飛ばす」

サスケの手のひらの先から、二筋《ふたすじ》の電撃が、バチバチと音を立てながら伸びていった。

電流を放出する、雷遁の基本技だ。

「そして、二本の電流の間を通るように、銅製のクナイを投げる」

ふっ、とサスケが軽くクナイを放った。並んだ二本の電流に、クナイの左右が触れた瞬間――

ブォン！

クナイはすさまじい勢いで加速し、森の木をなぎ倒しながら進んで、岩肌を突き崩した。

音速にも勝《まさ》る加速。素手《すで》で投げるのとは桁違《けたちが》いの威力だ。はたして火影でも、この速度を超えてクナイを投げられるかどうか。

唖然《あぜん》とする三人に、サスケが向き直る。

「まずは、雷遁の基本攻撃を二本に分けて放出するところからやってみろ。右手と左手、それぞれから電流を放ってみるのもいい」

「はい！」

歯切れのいい返事がぴたりとそろったが、声を出しているのは、サラダとミツキだけだった。ボルトは浮かない顔で、岩肌を覆《おお》う砂埃《すなぼこり》を横目で見やっている。

サスケはボルトの様子を気にしつつ、懐から出した銅のクナイを三人に差し出した。

「銅のクナイは錆《さ》びやすいから、定期的に酢《す》で磨《みが》け。錆びついていると威力が落ちる」

「面白いですね」

と、ミツキがクナイを受け取りながら言う。

「通常の鉄製のクナイは、赤錆《あかさび》から守るためにあえて最初に火であぶって、黒錆の膜で周囲をコーティングするくらいなのに……銅製のクナイは逆で、錆がつかないように酢で磨くなんて」

「くわしいな」

サスケが感心したように、ミツキを見た。

「木ノ葉丸先生に、教えてもらいました」

「あたしも知ってた！」

すかさずサラダがアピールする。

ボルトは、話には加《くわ》わらず、手持《ても》ち無沙汰《ぶさた》に飛んでいく鳥を眺めている。

「どうした、ボルト」

クナイを受け取ろうとしないボルトに、サスケが聞く。

「いや……オレはあっちで、もうちょっと、サイコロ転がす練習するってばさ」

どこか浮かない様子でそう言うと、ボルトはそそくさと、森の中へと戻っていった。

✖ ✖ ✖ ✖ ✖

いつの間にか、西の空がうっすらと赤みがかっていた。

結局、まだ一度も、サイコロの目をそろえるのに成功していない。

今度こそ、成功させてやるってばさ……！

ボルトは自分に気合を入れると、両掌《りょうて》をサイコロにかざし、チャクラを練った。

ころん、ころん。

サイコロは、二回転してどちらも三の目を出して、静止した。

やった……！　と思ったのも束《つか》の間《ま》。次の瞬間、右のサイコロだけがころんともう一回転して、一になってしまう。

「だあ～っ！　もう！」

ボルトは両足を投げ出して、その場にひっくり返った。

今のは惜しかった。

惜しかっただけに、余計に悔《くや》しい。

「あ～っ、くっそ――っ!!!」

今ごろ、サラダとミツキは、あの雷遁技の練習してんのかな。……電磁なんちゃら、とかいう。

ボルトは勢いをつけて立ち上がると、サイコロをつかみ、イライラ混《ま》じりに勢いよく放り投げた。

「荒れてるな」

頭の上から、声が降ってくる。

はっと顔を上げると、サスケが自分を見下ろしていた。

「別に……そんなことねーってばさ……」

強がったつもりだったのに、ついしょげたような口調になってしまい、ボルトはぷいと視線を逸らした。

ちらりと空を見上げれば、夕暮れた空の高いところを、カラスが滑るように飛んでいる。

サスケは、切り株の上に腰を下ろした。そうしながら、ボルトのほうを見るでもなく、遠くの空を見つめている。

「ボルト。科学が嫌いか？」

「……なんでそう思うんだよ」

「なんとなくだ」

橙色《だいだいいろ》に染まった空はまるで燃えているようで、見ているぶんには温かく見えるのに、吹いてくる風は裏腹にひんやりと冷たい。

それでも、穏《おだ》やかな夕暮れだった。風に揺れる芝草《しばくさ》が、長く伸びた二人の影をさわさわとかすかに波立たせる。

「別に、嫌いとかじゃねーけど……」

ボルトはどこか後ろめたそうに、ぽつりぽつりと話し始めた。

「なんつーかさ……。黒錆で長持ちとか、ローレンツガンでなんたらとか……そうやって科学に頼んのって、あんまり忍っぽくないっつーか……かっこ悪《わり》ィっつーか」

「そう思うか」

「うん。……オレ、やっぱ、科学、好きじゃないってばさ」

だから、ボルトは、少しがっかりしたのだ。サスケが、科学原理を用《もち》いた技を使ってみせた時に。

流れてきた雲が夕焼けの陽《ひ》をさえぎって、ボルトとサスケを影の中に包んだ。ゆるやかな風に押されて、雲は、ごくゆっくりと流れている。

サスケは巣に帰っていく鳥を目で追いながら言った。

「科学を知れば、忍術もより効果的に使うことができる。科学と忍術は、対立するものではなく、同じ場所から茎《くき》を生《は》やすものだ」

「……わかってるってばさ」

ボルトは目を伏《ふ》せて、地面をにらんだ。

頭をよぎるのは、中忍試験の時の苦《にが》い記憶だった。禁止されていた科学忍具をこっそり使い、ほかならぬ父親に見つかって、失格処分にされてしまった時のこと。

頭では、分かっている。サスケが言うように、科学はけして悪いものではないのだということ。

だけど、理性とは無関係に、心が拒否反応を起こしてしまうのだ。科学と聞いただけで、試験後のあの後ろめたさが心に蘇《よみがえ》る。

「ボルト、お前は優秀な忍者だ」

サスケが静かに言った。

「恵まれた教育を受け、それに応《こた》えるだけの才能と根性も持っている——里を守って死んでいった忍者がお前を見たら、きっと誇《ほこ》りに思うだろう」

「んなわけねえじゃん！」

気を遣《つか》われているように感じられ、それがかえってみじめで、ボルトは吐き捨てるように言った。

「科学だらけの、便利でぬるい時代に生まれたオレのこと、バカにするんじゃねえの。歴代の忍者さんたちはさぁ！」

「するわけないだろう」

サスケが、あっさりと言う。「平穏《へいおん》と発展は、それこそ乱世《らんせ》の忍者たちが夢見てきたものだ。長い時間をかけ、気が遠くなるほどの切磋《せっさ》琢磨《たくま》を繰り返しながらな」

サスケは懐からクナイを出した。錆に守られたクナイは、黒々として、にぶい光を放っている。

「クナイをあえて錆びさせることで、腐食《ふしょく》から守れる。二本の電流の中央にクナイを投げると、特別な力がクナイを加速させる——たったそれだけの知識を得るために、多くの先《せん》人《じん》が幾度《いくたび》もの観察と分析を繰り返してきた。そして、科学忍具は、そうして蓄積《ちくせき》されてきた知の集大成でもある。中忍試験で使うには確かにふさわしくなかっただろうが、実戦で上手く使えば大きな武器になるだろう。ただ強いだけじゃなく……里を守るための、力としてな」

雲が流れて、サスケとボルトは再《ふたた》び、夕焼けの陽に包まれた。

ボルトは、傍《かたわ》らのサスケの横顔をうかがい見た。

普段は黒いサスケの髪や瞳が、今は夕陽にさらされて、とっくりとした橙色を帯《お》びている。

「多くの人間の手によって、長い時間をかけ、積み重ねられてきた知の集積。その最前線にいるのが――ボルト、お前たちの世代だ」

サスケが、ふとボルトのほうを見た。ばちんと目が合う。ボルトはとっさに視線を逸らしてしまい、そんなボルトを見て、サスケは表情をゆるめた。

「お前は科学が嫌いなんだったな。オレの話に退屈したか」

「まーね。……サスケのおっちゃんって、意外と、よくしゃべるんだな」

「お前の父親ほどじゃないさ」

ボルトは、先ほど草むらの上に放り投げたサイコロへと、視線を投げた。

くだけた角砂糖からは、早くも蟻《あり》の列が伸びている。

サスケの期待に応えたい。痛いほど強く、そう思う。だからこそ、どうしても科学を好きになれない自分がもどかしかった。

「そろそろ日が暮れる。里に戻るぞ」

サスケが立ち上がり、サラダたちが修業をしている崖のほうへ歩いていく。ボルトは無言で、後ろをついて歩いた。

北の空は、すでに暗くなり始めている。

その夜。

ミツキはひとり、大樹の枝の上に立ち、電磁誘導投擲《ローレンツガン》の自主修業をしていた。

放たれた雷遁は、空気に触れた瞬間から拡散していく。自然の流れのままにしておけばすぐに空気に溶《と》けてしまう電撃を、一本の道筋として保持し続けるのは、高度な技術のいる作業だ。

空はよく晴れていた。くっきりと輝く半月は、木の上から見ると、まるで自分の鼻先すぐの場所に浮いているようにも見える。

バチバチッ……。

放つ電撃の芯《しん》に柱をうめこむようなイメージで、ミツキはひたすらに電流を放出する練習をしていた。

「なかなか面白い修業をしてるわね」

背後からふいに声をかけられ、集中力を乱された。

振り返ると、大蛇丸《オロチまる》がひとつ上の枝に立って、こちらを見下ろしている。

「なに？　ヒマなの？」

「ふふふ。散歩よ。月がきれいだったから」

「……ふーん……こんなところまでね」

「見たところ、雷遁の流れを制御しようとしてたみたいだけど……どういう意図《いと》なの？」

適当に返事をして修業に戻ろうとしたのに、大蛇丸はなおも話しかけてくる。どうやらヒマなようだ。

「雷遁の流れを操《あやつ》ることで、磁場を利用して物を加速させるんだ」

「あぁ、なるほど。電磁誘導ね」

大蛇丸との会話を切り上げて、ミツキは意識を手のひらに集中した。

思い浮かべるのは、直線のイメージ。四散しようとする電流を引き寄せて、まっすぐに……。

ミツキの手から放たれた電流が、パチパチと音を立ててプラズマをまといながら伸びていく。その軌道は、目視《もくし》の限りでは、まっすぐに伸びていた。

――できた！

と、思った瞬間、バチィ！　と音を立てて電流そのものが弾けた。

「わっ」

上手くいったと思って、つい気を抜いてしまった。

「なかなかやるわね。まあ、私の息子《むすこ》なんだからそれくらいできて当然だけど」

「まだまだだよ。形を保《たも》てないし、意図した形に放電できるまで時間がかかるんだ。サスケさんみたいに、一瞬でってわけにはいかない」

「え？」

サスケの名前が出た瞬間、大蛇丸の目の色が、急に変わった。

「ミツキ、アナタ……サスケくんに、修業をつけてもらってるの？」

「あぁ、言ってなかった？　木ノ葉丸先生が入院中だから、サスケさんが代わりに教えてくれてるんだ」

「ふぅん……あのサスケくんがね……」

意味深《いみしん》につぶやいて、大蛇丸が黙りこむ。

「…………」

大蛇丸は、蛇《へび》が蝶々《ちょうちょ》を追うように、ぐるりと瞳を巡《めぐ》らせると、やがておもむろにつぶやいた。

「…………明日《あした》、アナタたちの修業、見に行こうかしら」

「絶対やめて」

✦✦✦✦✦

サイコロを転がす修業やら、電磁誘導投擲《ローレンツガン》の修業やらの他にも、サスケの修業は多岐《たき》にわたった。基礎鍛錬《たんれん》から、模擬《もぎ》戦闘まで、その趣向はさまざまだ。

修業開始から五日を数えるころには、ボルトたち三人は、なんとかサイコロの目をそろえることができるようになっていた。十中八九とまではいかないが、十回やれば一、二回は成功する程度に。サラダとミツキは、電磁誘導投擲《ローレンツガン》も着々と習得に近づきつつある。

しかしボルトは、いまだ、科学を避け続けていた。

新時代の忍にとって、科学を用いて自然の理《ことわり》を味方につけることは、いっそう重要になっていくはずだ。科学を避けている限りは、他の忍者たちからどうしても後《おく》れを取ってしまう。

科学に対するアレルギーを克服《こくふく》させたいが、気持ちの問題はどうしようもない。サスケは、科学に背を向け続けるボルトの頑《かたく》なさを案じていた。そして、ほかならぬ、ボルト自身も。

打開策のないまま、時間が進み——修業開始から二週目に入った朝。

サスケは、修業の開始時刻に三十分ほど遅れてきた。すでに角砂糖のサイコロと向き合って、自主練を始めていた三人の様子を見て、「だいぶコントロールに慣れてきたな」と声をかける。

「失敗がゼロになるまで、この練習は毎日続けろ。ミツキ、サラダ、お前たちは電磁誘導《ローレンツ》投擲《ガン》の訓練も忘れるな。あとは毎日、基礎トレーニングと模擬戦闘。自主判断で取り入れたいメニューがあれば話し合って決めろ」

「なんだよ、サスケのおっちゃん。どっか行くみたいに」

「任務が入ってな。もう発《た》つ」

さらりと言うサスケに、「えっ！」と、目を丸くしたのは、サラダだ。

「里を離れるってこと？」

「ああ。火急の調査を依頼されてな。一週間ほどで帰る」

平然と言うサスケに「急だってばさ……」とボルトが口をとがらせる。

サラダは、じとっとした目つきで、サスケをにらみ上げた。

「……ねーパパ、そのこと、ちゃんとママに伝えた？　ママ、パパがいなくなるって知ってる？」

「ああ」

「ほんとに？　……いつ？」

父親の言うことをまるで信用していない娘の、疑わしげな表情に、サスケは苦笑いで答えた。

「お前が寝たあとに、サクラとはたっぷり話してる。だから心配するな」

「ほんとかなぁ……」

サスケの任務の内容は相変《あいか》わらずの極秘で、ボルトがしつこく聞きまくったのだが、全《まつた》く教えてもらえなかった。

任務へと発つサスケを、里の外門の前で一応見えなくなるまで見送ってから、三人は一《いち》楽《らく》のラーメンで昼食を取った。満腹で暖簾《のれん》をくぐり、修業場までの道を戻る。

落ち着いた雰囲気の旧市街に比べ、発展著しい新市街は昼夜問わずにぎやかだ。整備された道には街灯が等間隔に立ち並び、大きなショーウィンドウのブティックやオープンテラスのカフェが軒《のき》を連《つら》ねている。和菓子屋の店先で呼びこみの店員が声を張りあげ、十字路の真ん中では、着ぐるみの猫が何やらチラシを配っていた。

「でね、チョウチョウと食べに行ったそのあんみつが、すっごくおいしくて……」

「チョウチョウ自体が白玉《しらたま》みてえなもんじゃねーか。共食いだ、共食い」

「その言い方はボクでもどうかと思うよ」

会話に夢中になって歩く三人の目の前に、すっとチラシが差し出された。

つい反射的に受け取ってしまったボルトの手を、巨大な肉球が、鷲摑《わしづか》んだ。

「わっ!?」

驚いて顔を上げれば、そこにいたのは、着ぐるみの猫。

猫は、ボルトの耳元にずいっと頭を寄せた。

「あなたたち、忍者ですねっ？」

猫がしゃべった。

「そうだけど……なんだよ、お前」

「お願いがあるんです……！」

着ぐるみの猫は、さらに声を潜《ひそ》めると、ボルトの手を引いて強引《ごういん》に裏路地へと連れこんだ。サラダとミツキが、慌《あわ》てて後を追いかける。

裏路地は狭く、じめっとしていて、ひとけがない。一斗《いっと》缶《かん》の上で丸まっていた本物の猫が、煩《わずら》わしげに奥へと逃げていく。

着ぐるみの猫は三人に向き直ると、神妙に切り出した。

「……実は私、ちょっとした有名人なんですけど」

猫なのに？

「何者かに命を狙われてるんです！」

猫なのに？

「だから私のこと守ってほしいんです！　お金なら払いますからっ！」

猫なのに？

三人はうさんくさげに、顔を見合わせた。

「えーと、まず病院行ったほうがいいんじゃない？」

ミツキがさらりとひどいことを言う。

猫は、足をじたばたと踏み鳴らした。

「本っ当～に、困ってるんですぅ……」

わめきながら、かぽっと自分の頭を持ち上げてみせる。

着ぐるみの下から出てきたのは、ウェーブのかかった明るい金色の髪。

ボルトたちは、三人そろって、ぽかんと口を開けた。

「私……こんなところで死ぬわけにはいかないんですっ！」

着ぐるみの中にいたのは、大ブレイク中のアイドル歌手――姫野リリィだったのだ。

二章

SASUKE SHINDEN

立ち話もなんなので……と、姫野《ひめの》リリィに連れられてボルトたちがやってきたのは、新市街にできたばかりの高層マンションだった。

ガラス張りの明るいエントランスを抜けると、常駐しているコンシェルジュは、頭はリリィ身体《からだ》は猫というけったいな出《い》で立《た》ちを見ても表情ひとつ変えず、すまし顔で会釈《えしやく》をした。

エレベーターに乗るのに、リリィがIDカードをかざしただけで、階数ボタンも押さないので何かと思ったら、そのエレベーターはなんとリリィの部屋まで直通で、チンとドアが開いたらいきなり目の前がリビングだった。

「え？　あれ？　靴は？」

上《あが》り框《がまち》のない玄関に戸惑《とまど》うボルトを、「履《は》いたままどうぞ」とリリィが促《うなが》す。

タイル敷きのリビングは、えげつないほどの広さだ。布団《ふとん》ほどの大きさのテレビに、なぜかピンク色をしたグランドピアノ。革張《かわば》りの高級そうなソファには、うさぎやくまのぬいぐるみが所狭しと並べてある。

きょろきょろと部屋の中を見回していると、リリィがお茶を淹《い》れてきてくれた。ぬいぐるみをピアノの上に移動してスペースを作り、全員ソファに腰かける。お茶を一口すすって、ボルトは顔をしかめた。

「あまっ!?」

「チョコレート茶ですよ。カワイイでしょう」

アイドルはお茶にまでカワイイとか求めなきゃいけない生き物らしい。

ボルトは改めてまじまじと、正面に座ったリリィの顔を眺《なが》めた。ゆるいウェーブのかかった金髪に、ぱっちりした紫色《むらさきいろ》の瞳《ひとみ》。テレビ画面の中にいた、あの姫野リリィそのものだ。

「で、そろそろ説明してもらえるかな」

出されたお茶には手をつけず、ミツキがまっすぐにリリィを見て聞いた。

「わざわざ猫の着ぐるみで変装までしてボクたちに声をかけてきたのは一体どういうことなのか、教えてもらえる?」

「はい……」

沈んだ声でうなずくと、リリィはテーブルの上に、名刺《めいし》ほどの大きさのカードを置いた。

「実は、今朝《けさ》、こんなものが私のもとに届いたんです」

カードには、定規《じょうぎ》を使って書いたらしい、筆跡のあやふやな角ばった文字で、短い文章がつづられている。

魅惑《みわく》のマカロンナイトを中止にしなければ
ライブ中に姫野リリィを殺す
これが最初で最後の警告である

「魅惑のマカロンナイト……？」

いきなり意味が分からない言葉が出てきて、サラダが不審《ふしん》げに首を傾《かし》げる。

「私のライブの名前です」

リリィの答えに、サラダの口元がひくりとゆがむ。

「イタズラって可能性もありそうだけど」

カードを調べながら、ミツキが聞いた。「このこと、事務所には？」

「まだ言ってません！　言う気もないんです。うちの事務所は頭がカタイので、きっとライブを中止にするに決まってますから」

「正しい対応だと思うけど」

サラダに冷《ひ》ややかな視線を浴びせられ、リリィはふにゃっと顔をゆがませた。

「ライブは絶対にやりたいんです！　せっかく、たくさんのファンがついてくれたのに……こんな直前で中止になんてなったら、きっと見捨てられます！」

「それくらいで見捨てないだろ……」

ぼそっとつぶやいたボルトに向かって、リリィは勢《いきお》いよく身を乗り出した。

「アイドルのファンは極端から極端に走る生き物なんです！　推《お》してくれるか、アンチになるかの、二択しかない。私は常《つね》に動向を見張られていて、小さな粗《あら》でも見せようものなら、簡単に切り捨てられてしまう……」

「でもやっぱり、ちゃんと正式なルートで依頼してもらったほうが……」

サラダにやんわりと言われ、リリィはぶんぶんと首を振った。

「聡明《そうめい》な火影《ほかげ》様が、こんな一アイドルのわがままでライブを敢行《かんこう》することを許してくれると思いますか！　安全優先で、中止になさるに決まっています！」

わがままだという自覚はあったらしい。

「それで、私たちに相談してきたってわけね……」

「はい。忍《しのび》の方に個人的にお願いすれば、秘密裏《ひみつり》に守ってもらえるんじゃないかと思いまして。しかもしかも、あなたたち第七班は特別です！　七代目火影様の長男であり日向《ひゅうが》の血も受《う》け継《つ》ぐボルトくん。サラダさんはうちはの血を引く存在で、しかもお母様が五代目火影の弟子《でし》である春野《はるの》サクラさん！　ミツキくんは、なんかよく分かんなくて謎《なぞ》ですけど、タダモノじゃない感がめちゃくちゃ出てますし！　あと、みなさん、なんだかんだお人よしそうです！」

「よく調べてるわね……」

「ていうか、多分、最後の理由が全《すべ》てだよね」

サラダとミツキが、呆《あき》れ混《ま》じりにつぶやく。両親をほめられるのは、いつもなら嬉《うれ》しいけれど、この流れではうさんくささしか感じない。

リリィは大きな紫色の瞳に涙をためて、訴《うった》えるように三人の顔を眺めた。

「お金なら払います。アイドルになってからもらったお給料、一切《いっさい》使わずに貯《た》めてたので」

リリィは三人の前に、ずいっと小切手《こぎって》を突き出した。

「お金の問題じゃ……」

ねえ、と言いかけたボルトの目が、ずらりと並んだゼロの列に釘《くぎ》づけになる。

いち、じゅー、ひゃく、せん……

桁《けた》を数え、ボルトはひゅっと息をのんだ。

これだけあれば、ゲマキカードが一体何枚買えるか——

「非公式の任務でお金なんて受け取れるわけないでしょ！」

金に目がくらみかけていたボルトは、サラダの一声《ひとこえ》ではっと我に返った。

「うん、さすがに受け取れないよ」

ミツキが同調してうなずくと、リリィは目をまん丸にして口元を押さえた。

「えぇっ！　報酬《ほうしゅう》なしで引き受けてくださるってことですか!?」

「なんじゃその都合《つごう》のいい耳！　やーらーなーいって言ってるの！」

「そんなぁ……お願いします！　私にできることならなんでも……あっ、私のライブのプレミアムチケット手配しましょうか!?」

「いるかーっ!!」

サラダが目を三角にして絶叫する。

報酬はさておき、ボルトの頭をよぎったのは、ヒマワリのことだった。歌番組に出演したリリィのことを、目をキラキラさせて見つめていた、あの屈託《くったく》のない顔。

もしもリリィのライブで事件が起きたり、リリィが活動休止になったりしたら、きっとものすごくガッカリするだろう。ヒマワリだけでなく、木ノ葉《こ は》隠《がく》れの里にたくさんいるリリィファンたちも、きっと。

「な……なぁ！」

ボルトは、断《ことわ》りムードの二人に向かって、ぎこちなく声をかけた。

「引き受けてやろうぜ！　こんなに困ってるのに、ほっとけねーってばさ！」

「ええ……急にどうしたのよ、ボルト」

サラダが怪《あや》しむようにボルトを見る。

「べ、別に……ただ忍として、この事態を見過ごすわけにはいかねえっていうかさぁ！」

「私だって、何もしないって言ってるんじゃない。ただ、任務にするならちゃんと火影様に話を通してから……」

「火影は責任があるから、なかなかリスクのある選択はできねーってばさ。こういうケースこそ、オレたち下忍《げにん》が個人の責任を果たして、柔軟な選択をすべきだってばさ！」

それに――。

ボルトの心をかすめたのは、サスケの存在だった。ここ最近の修業で、ボルトはサラダとミツキに後《おく》れを取り続けている。でも、サスケが不在の間に、リリィの護衛任務を成功させることができたら――きっとサスケも、ボルトのことを認めてくれるに違いない。

「まぁ、一理あるけど……」

熱意に押されてか、サラダの態度が軟化した。「ミツキはどう思う？」

「ボクは、ボルトがやりたいって言うなら、付き合うよ」

決まりだ。ボルトは友人想いのチームメイトに感謝した。

「じゃあ、対策を立てなきゃね」

チョコレート茶を飲《の》み干《ほ》して、サラダが仕切り直す。

「会場はどこなの？」

ミツキに聞かれ、リリィは嬉しげに、いそいそとパンフレットを出してきた。

「木ノ葉ドーム！　先月完成したばかりのドーム型スタジアムです！　ポリカーボネート製の天井は開閉式で全天候に対応可能、コンコースはホテル並みのインテリアを兼《か》ね備《そな》えた、まさに夢のライブ会場！　なんとなんと、五万人が収容可能なんです！」

「あぶなすぎるでしょ！」

バン！　とサラダがローテーブルを平手で叩《たた》き、コーヒーカップが小さく飛びはねた。

「五万人も入るなんて、暗殺犯紛《まぎ》れこみ放題じゃないのよ。狙《ねら》ってくださいと言わんばかりじゃない！」

「だからこうしてみなさんにお願いして……あっ、そうだ。うちは一族の写輪眼《しゃりんがん》を使って、不審者を探していただくというのは……」

「人の目を便利な監視カメラ扱《あつか》いすんじゃないっつーの!!」

血管が切れそうになっているサラダの横で、しばらく何事か考えこんでいたミツキが、おもむろに口を開いた。

「あのさ、リリィ。きみの最優先事項は、歌を届けることなんだよね？」

「はい！」

リリィが勢いよくうなずく。

「自分がスポットライトを浴びたいとか、みんなの視線を集めたいとか、そういうことじゃないんだね？」

「はい！」

「ちなみに、当日は、きみが生で歌うの？」

「いいえ！　もちろん口パクです！」

「なるほど」

ミツキはつぶやくと、くるりとボルトのほうを振り向いた。

「じゃあ、ボルトにがんばってもらうしかないね」

「何が？」

首を傾げたボルトの肩を、ミツキはぽんと叩いた。

「ボルトがリリィになりすまして、ステージに立つんだよ」

「違いますよ、ボルトくん。最後の決めポーズは、もっと猫になりきって。肉球をみんなに見せて、『にゃ〜ん』です。あと投げキスはもっと腰を入れないと、遠くのお客さんに愛が届きませんよ」

「……何言ってるか、全然分かんないってばさぁ……」

げんなりと肩を落とした拍子《ひょうし》に、カチューシャについていたリボンがずるりと滑《すべ》り落《お》ちる。ボルトは、慣《な》れないヒールに四苦八苦しながら、何とかかがみこんでリボンを拾《ひろ》った。

ふんわりしたミモレ丈《たけ》のワンピースに、チェックのジャケットを羽織《はお》り、足元はこれでもかというほどスパンコールが縫《ぬ》いつけられた銀色のピンヒール。ボルトが着ているのは、『魅惑のマカロンナイト』でリリィが着る予定の衣装だった。

「がんばってね、ボルト。計画の成功は、ボルトにかかってるから」

ひとごとのように励《はげ》まされ、ボルトはじろっとミツキをにらんだ。

リリィ本人をステージに立たせるのは、いくらなんでも危険すぎる——それなら、替え玉を使えばいい。それが、ミツキが出した結論だった。そして、めでたく替え玉役に抜擢《ばってき》されたのが、ボルトというわけだ。

リリィに変化《へんげ》したボルトがステージに立ち、MCの時にはステージ袖《そで》のリリィが出す声に合わせてぱくぱくと口を動かす。その間、サラダが写輪眼で客席を探り、ミツキが不審者をとらえる、という作戦だ。

「ボルト、かわいいわよ〜、女の子みたいで」

「うるせー！　なんでサラダがやんねえんだよ」

「あんたが写輪眼できるなら、代わってあげるわよ〜」

サラダに言い負かされ、ボルトはぐっと言葉に詰《つ》まった。ミツキの作戦を聞いた時、ボルトはもちろん「女になるなんて絶対嫌《いや》だってばさ！」と断固拒否したのだが、かといって代案を出すこともできず、半《なか》ばなりゆきで、リリィの代役をつとめることになってしまったのだった。

まちゅまろ　まちゅまろ　マッシュマロ〜♪
マシュマロ食べてー♪　ねっちゃねちゃー♪

かくしてボルトは、代表曲「まちゅまろハート」をはじめとする当日のセットリスト十二曲の振付を覚える羽目《はめ》になってしまった。

「ボルトくん。もっと目線を平等に配ってください。リリィはみんなのものですから」

「五万人もいるお客さん、ひとりひとり見るなんて無理だってばさ〜……」

「見るんですよ、根性で。お客さんにとっては、その一瞬が永遠なので」

「……お前何言ってんだ」

よく分からないが、そのプロ根性は尊敬に値《あたい》するような気がする。

ぶつぶつ言いながらも、ボルトは持ち前の運動神経を生かして、着々とレッスンをこなしていった。ダンスの振付も、ＭＣ中の仕草や歩き方なども、覚えるだけなら難しくはない。問題は、プライドと羞恥心《しゅうちしん》だ。

……これも、里の平和のため。そして、ライブを成功させて、サスケに認めてもらうためだ。己《おのれ》のプライドにこだわって目標を見失うなんて、忍者じゃねえってばさ……。

情けなくて心がくじけそうになった時、ボルトは何度も自分にそう言い聞かせて、心をふるいたたせた。そうして、ライブ前日までには、なんとか一通りのことを身体に叩きこむことができたのだった。

「さすがに木ノ葉の忍ですね。一週間で、本当に全部覚えちゃうなんて」

リリィは、ボルトの奮闘《ふんとう》に、すっかり感心していた。

「ま、任務のためだからな。サスケのおっちゃんが帰ってきた時に、胸張って報告したいからよ！」

「サスケのおっちゃん？　って、サラダさんのお父さんの、うちはサスケのことですか？」

「あぁ！　サスケのおっちゃんは、オレの師匠《ししょう》なんだ！」

嬉しそうに言うボルトを、リリィは微笑《ほほえ》ましげに目を細めて見つめた。

「ボルトくんの先生なんですね、サスケさんは」

「リリィにはいないのか？　アイドルの先生とか」

「いますよ。アイドルを目指《めざ》すきっかけになった人でもあります。長いこと会ってませんけど……それでも、今でも、私の先生です」

プロデューサーか何かだろうか。

気になったが、どこか遠くを見るような目つきで話すリリィの雰囲気に押されて、ボルトはそれ以上聞くことができなかった。

✖✖✖✖✖

そして——魅惑のマカロンナイト、当日。

ドームの入り口には、入場を待つ長い列が伸びていた。観客たちはみな、リリィのイメージカラーであるショッキングピンクで服装を統一し、大きなうちわやペンライトを持参して、開場を今か今かと待ちかねている。

高揚《こうよう》した様子《ようす》の観客たちを見下ろす影があった。風にマントをはためかせ、何かを探すようなそぶりで、周囲に視線を走らせている。

しかし、ライブに夢中の観客たちは、誰ひとりとして、不審な人影——うちはサスケの姿に気づかなかった。

「うわ〰〰〰〰〰〰〰……すっげえ、お客さん入ってんじゃん……」

開場後の客席を楽屋に備えつけられたモニターから見て、ボルトはすっかり感嘆《かんたん》していた。

「そりゃそうですよ。なにしろ、満席ですから！」

リリィが胸を張る。

満員の観客たちは、ショッキングピンクのペンライトを手に、開演を待ちわびているようだった。

ボルトは、一階席の中ほどに、大きなカメラを構《かま》えたグループがいるのを見つけた。カメラの横には、ボルトも出演したことがあるテレビ局のロゴが印刷されている。

「あれ、テレビ局のカメラが……」

「そうみたいなんです。どうやら、夜の音楽番組で放映されることになったらしくて」

リリィがおずおずと、言いづらそうに説明する。ボルトは目をむいた。

「えーっ！　聞いてねぇぞ！」

「すみません。私もついさっき聞きまして……」

「術が解けないように気を付けねェとな……」

一抹《いちまつ》の不安がよぎるが、お客さんを入れてしまった以上、もうあとには引けない。

開演時間が迫《せま》り、ボルトはリリィとともに、舞台袖へと移動した。舞台スタッフたちには事情を説明し、口止めをしてある。

半円状のステージは、ひんやりとしたスモークで覆《おお》いつくされていた。ボルトはリリィに変化すると、スカートのすそを軽く持ち上げ、しずしずと、ステージ中央へと歩を進めた。ピンヒールを履いているのに加《くわ》え、リリィの身長がボルトより十センチ近く高いのもあって、視界がいつもよりずいぶん高い。

「ボルトくん、表情が硬いです」

耳につけたインカムから、舞台袖で見守るリリィの声が聞こえてくる。

「お客さんは、全員、恋人です。愛をこめて見つめてください」

「いや、でも、客席暗いし、顔なんて見えねえってばさ……」

「心の目で見れば見えます」

「…………」

相変わらず意味が分からないが、ここまで来たらもうやるしかない。

ボルトは、床に貼《は》られた蓄光《ちくこう》テープを目印に、待機位置に立った。足元はスモークで冷たいのに、頭はスポットライトに照らされて熱い。

緞帳《どんちょう》を一枚隔《へだ》てた向こう側に、何万という人間の興奮がうずまいているのが、びんびんに感じられた。これほど大勢の人間が、ひとりの歌う歌を聞きにわざわざ足を運ぶなんて、改めて考えてみるとすごいことだ。ここにいる全員が、ひとりの女の子のファンなのだ。

みんな、姫野リリィに、会いに来ている。ボルトではなく。

「なぁ、リリィ」

ボルトは、インカムに向かって声をかけた。「ここに立ってるの、本当にお前じゃなくていいのか?」

「え?」

「だって、お前、こういう景色が見たくて、アイドルになったんだろ? 舞台袖から見てるだけじゃ、満足できねーんじゃねえの？」

「ここで十分です」

即答だった。

そういうもんなのかと思いつつも、ボルトは続けて聞いた。

「なぁ。リリィって、なんでアイドルになろうと思ったんだ？」

幕が上がった。暗闇《くらやみ》に、無数のショッキングピンクがまたたいている。湧《わ》きあがった歓《かん》声《せい》はやけに野太い声が多い。

「リリィ？　聞こえてるか？」

インカムの調子が悪くなったのだろうかと思った矢先、ゆっくりと、リリィの声が聞こえてきた。

「……先生の教えを、守りたかったんです」

「なあ、前から聞きたかったんだけどさ」

『先生』についてボルトは続けて聞こうとしたが、爆音で流れ出したイントロに邪魔《じゃま》されて、会話を打ち切らざるをえなかった。

ピンライトの丸い光がボルトをとらえる。

大音量のギターストリングを主旋律《しゅせんりつ》に、アップテンポのメロディが爆音で流れてくる。

びりびり来る音の振動を顔中に感じながら、ボルトは電源の入っていないマイクを握《にぎ》り直し、覚えたてのダンスのファーストステップを踏んだ。

✖✖✖✖✖

サラダとミツキは、リリィが手配したアリーナ席で、ライブが始まるのを待っていた。アリーナは全席スタンディングで、二列三行の六ブロックに分けられている。A・B・Cブロックが前列で、D・E・Fブロックが後列。二人の席は、アリーナ中央やや前方寄りにあたる、Bブロックの中ほどにあった。

自然に見えるよう、二人とも片手にペンライトを持ち、『リリィこっち向いて♡』『リリィ大好き！』と書かれたうちわも用意した。ミツキは事前の打ち合わせ通り、片目を手で覆い隠していた。

観客の中に怪しい人間はいないかと、目視《もくし》で探しているが、今のところそれらしき人影はなかった。

「ミツキ！　ねえ、あれ、テレビ局のカメラじゃない？」

サラダは、一階席中ほどのカメラクルーたちを指さした。「中継が入るなんて、リリィひとことも言ってなかったのに……」

「人目につかないように、秘密裏に暗殺犯を探るしかないね」

開演時間になり、客席の照明がゆっくりと暗くなり始める。

サラダは心を落ち着けると、カッと目を見開いた。

すると、その双眸《そうぼう》が紅色《べにいろ》を帯《お》びて、光を発し始める。瞳孔《どうこう》が猫のようにきゅうっと縮《ちぢ》まり、虹彩《こうさい》に勾玉《まがたま》の形の影が浮かんだ。

世界のあらゆるものを見通す、父から受《う》け継《つ》いだ異能《いのう》の目——写輪眼で、客席を探る。

右後方に、金属でできた筒《つつ》のような道具を持った二人組の姿があった。金属の筒は銃火器の類《たぐい》だろう。チャクラの気配は感じない。

「いたわ、銃を持ってる連中。多分忍者じゃないと思う……場所は、Fブロック最後列」

「行こう！」

ミツキは、客席の合間をすり抜けるように歩き出した。完全に暗転して辺《あた》りは真っ暗だが、明るいうちに片目を手で覆い隠していたおかげで、暗闇に目が慣れている。

リリィによれば、客席が暗転してからステージが全照するまで、三十五秒はあるという。後方のFブロックまでたどり着くには、十分すぎるほどの時間だ。

ところが、Bブロックを抜けようかというところで、ステージが突如《とつじょ》明るくなった。

「え!?」

「話が違うじゃない！　リリィの奴《やつ》……！」

まだ十秒も経《た》っていない。

戸惑う二人をよそに大音量のイントロが始まり、スポットライトに照らされたステージはスモークの煙であふれた。

立ち上がった観客たちが、一斉《いっせい》に前方へと押し寄せる。サラダとミツキは人の波に押しつぶされた。

「まずい！　あの男たち、移動してる！」

男たちの動きを確認したサラダが叫ぶ。「ぐるっと迂回《うかい》して……多分Aブロック右方に向かってる！　最前列からリリィを狙う気だわ！」

「だけど、これじゃあ移動できない……っ」

客たちは四方八方からぎゅうぎゅうに押し寄せてきて、身動きもままならない状態だ。

一般人相手に手荒な真似《まね》はできないし、忍術でも使おうものならカメラに撮られてしまう。

「リリィー！　こっち向いてーっ！」

「リリィさいっこ～～ッッッ!!」

観客たちは早くも熱狂して、秩序を失いつつあった。

なんとかして……一刻も早く、最前列に行かなきゃ！

おしくらまんじゅう状態になりながら、焦《あせ》って周囲を見回したサラダは、人が人の上を流れていく異様な光景を目にした。横になった人間の身体が、観客たちによって持ち上げられ、後ろから前へ受け渡されながら、ステージ前まで運ばれているのだ。

頭上を人間が流れてくるにもかかわらず、観客たちに戸惑った様子はない。それどころか、さも当然のことのように、至極《しごく》スムーズに協力し合っている。どうやらアイドルのライブではよくあるパフォーマンスのようだ。

「ボクたちもあれで運んでもらおう！」

ミツキの言葉に、サラダは自分の耳を疑った。

「え？　あれで？　え？」

「忍者だとバレずに手早くあいつらに近づくには、それしかないよ！」

言うが早いか、ミツキは地面をトンと蹴《け》り、前の人の肩の上に飛び乗った。

「ダイブいくよ〰〰っ！」

普段の冷静な物腰はどこへやら、ノリノリのファンそのものの口調でそう叫ぶと、両手を広げて、観客たちの上にダイブしていく。

「うぉ――っ！　運べ、運べ～っ！」

熱狂した観客たちは、ミツキの身体を神輿《みこし》のように担《かつ》ぎ上《あ》げ、運び始めた。

ええ〰〰っ……ミツキって、そんなキャラだっけ……。

サラダは、呆気《あっけ》に取られて立《た》ち尽《つ》くした。

ちょっと待ってよ……私にはムリでしょ、こんなの……。

イヤすぎてあとずさったサラダは、ふと足を止めた。ステージ上のボルトが、目に入ったからだ。ピンヒールにワンピース姿で、汗を散らして踊りながらスポットライトを浴びている。

自分のキャラじゃないとか、そんなの、任務の前には関係ないか。ボルトもミツキも、慣れないことやって、かっこ悪くてもがんばってるんだし。

……私が恥ずかしがってる場合じゃない。

サラダは、一足飛びに、観客の肩の上に飛び乗った。

下から、興奮した観客たちの熱気がムンムンと伝わってくる。

こ、怖《こわ》いッ！　やっぱりやりたくないっ……！

だけど、やるしかない！

「リ、リリィ、ちょーさいこ〰〰〰〰！」

ぎこちなく叫びながら、サラダは両手を広げて観客たちの間にダイブした。

たちまち、たくさんの手が寄ってきて、サラダの身体を担ぎ上げる。サラダはそのまま、ステージ前へと運ばれていった。

う〜ん。なんか、川を流れる笹《ささ》の葉になった気分……。

むずがゆいような不思議な感覚だが、これで、ステージ前までの最短距離を移動できるはずだ。男たちよりも先回りできるはず！

わずかに身体を起こし、Ａブロック右方をうかがい見たサラダは、男たちの人影が見えなくなっていることに気が付いて、眉《まゆ》をひそめた。ぐるりと辺りを見回すが、それらしい気配はない。

もしかして……進路を変えた？

リリィは観客たちに運ばれながら、声を張りあげた。

「ミツキ！　標的が移動してるかもしれない！」

「どこに!?」

サラダは目を凝《こ》らしたが、うちわをかざしてジャンプする客たちが邪魔でよく見えない。

「もう！　みんな邪魔！」

サラダは舌打ち混じりに、目を見開いた。

——写輪眼！

とたんに視界が開け、その場にいる人々の動きが手に取るように分かるようになる。銃を持った男たちは、あまりの人ごみに最前列から狙うことをあきらめたのか、階段を駆け上がって二階へと移動していた。

「奴《やつ》ら、二階席に向かってる！」

「急ごう！」

ミツキとサラダは人波の上で起き上がり、姿勢を変えた。

もはや二人とも、観客たちに運ばれていると見せかけて、自分たちの意思で動いていた。両腕を突っ張って、突き出された手のひらの上をちょこまかと移動しながら、目的の方向へ進んでいく。

A・B・CブロックとD・E・Fブロックを隔てる中央通路に至《いた》り、二人はすとんと着地した。通路はフェンスで区切られている。人いきれがいくらか和《やわ》らいで、ほっと一息つけた。

二階席は、後方ブロックの上にせりだすような形になっている。中央通路から二階席に行くためには、後方扉からコンコースを通って、回りこむしかない。

「もう一回、ダイブするしかなさそうね……」

げんなりと言ったサラダに、ミツキが首を振った。

「いや、その必要はないよ」

ミツキが片目を押さえているのを見て、サラダははっと気が付いた。

今流れている曲――『うにゅうにゅ★恋のファンタジートレイン』は、そろそろ終わりに差しかかっている。この曲が終わったら、一度暗転するはずだ。

暗転中なら、カメラに撮られずにすむ！

うっにゅうにゅ　うっにゅうにゅ　ラブリースタービーム♪
うっにゅうにゅ　うっにゅうにゅ　ミルキームーンセクシー♪

ミツキは右腕で目を覆ったまま、左腕にサラダを抱《かか》えた。銃を持った男たちは、二階席後方でしゃがみこんだままだ。銃の調整でもしているのだろう。

曲が終わり、照明が暗転して、辺りが真っ暗になる。

ミツキは二階席に向かってぐぐっと右腕を伸ばした。柵《さく》をつかむと、今度は右腕を縮め、抱えたサラダもろとも、ターザンさながらに二階席へと移動する。

二階席は、アリーナに比《くら》べればずいぶん落ち着いていた。席に座っている客がほとんどだ。二人は狭い通路を這《は》いすすみ、後方へとたどり着いた。

銃を抱えたまま、照明がつくのを待っている二人の男。どちらも、まだ暗闇に目が慣れていないようだ。

サラダは男たちの前に、ミツキは後ろに、回りこんだ。

「それじゃあ次の曲、いっくよ〰〰〰ッ！」

袖から声をあげるリリィの掛け声とともに、ぱっと明かりがつく。

と同時に、サラダは、右の男が抱えた銃を引ったくった。はっとした顔になった男たちは、直後、背後のミツキにうなじを順番に叩かれ、意識を失ってふらりとよろめく。

ミツキは男たちの首根っこをつかんで引き寄せ、通路に寝かせた。どちらも白目をむいて完全に気絶しているようだ。

「任務完了、だね」

そう言いながら、サラダが奪《うば》った銃から弾丸を抜き取った、次の瞬間。

ヒュッ。

サラダの髪の先を何かがかすめた。

「え？」

驚いて振り向いた瞬間、再び風切り音がして、通路に寝かせた男の身体がはねた。床にゆっくりと血だまりが広がっていく。

二人の男たちは、どちらも眉間《みけん》から血を流していた。ミツキがとっさに袖口を押し当てて止血しようとしたが、二人とも即死しているようだ。

「やられた……口封じか」

「でも、一体どこから!?」

あまりにも用意周到な布陣。サラダは写輪眼を発動し、周囲に視線を走らせた。客たちは、ステージに夢中で、誰も異変に気づいていない。

ここは二階席の、一番奥だ。狙撃《そげき》可能な場所は限られる。

ステージの上部に設置されたスポットライト……二階席に備えつけられた照明ブース……もしくは——

「いた!」

サラダが指さしたのは、木ノ葉ドームの天井だ。

「あんなところから……!?」

ミツキが目を細めて見やるが、ポリカーボネートの透明度が低いため、肉眼ではとても確認ができない。

しかしサラダの目は、スコープのついたライフルを構えた男の姿を、間違いなくとらえていた。男は天井の上に寝そべった姿勢で、ライフルに弾《たま》を詰める作業をしている。二重になった天井のポリカーボネートには、テニスボールほどの穴が開いており、男はその穴を通して狙撃を行っているようだった。

サラダはとっさに手裏剣《しゅりけん》を構えたが、距離がありすぎることに気づいて、手を止めた。

「遠すぎる……一体、どうしたら……」

✖✖✖✖✖

サラダたち、上手《うま》くやってんだろうな!?

ボルトは焦《じ》れながら、リリィ役をこなしていた。慣れないピンヒールに突っこんだつま先は、すでにずきずきと痛み始めている。ステージからは客席の状況がよく分からないので、いっそう不安をかきたてられた。

『この曲が終わったらコールかけるんで、ボルトくんは行動《アクション》Bをお願いしますね』

インカムからは、ひっきりなしにリリィの指示が飛んでくる。ボルトは、リリィと必死で練習した仕草を思い出した。

確か、アクションBは、片腕を上にあげるんだったな……指先をピンとそろえて、かわいげアピールしつつ。

ボルトはぎこちなく、片腕を振り上げた。その動きに合わせて、舞台袖のリリィが、マイクに向かって大音量で叫ぶ。

『盛り上がってましゅか〜っ!?』

ましゅか!?

初めて聞く言葉にボルトは一瞬面くらったが、煽《あお》られた観客は勢いよく「おーっ!」と右手を振り上げた。

『それじゃあ、次の曲、いきまーしゅっ!』

いきましゅ!?

またも面食らうボルトをしり目に、真後ろに備えつけられたスピーカーからは、ハイテンションなイントロが流れ始めた。

✖ ✖ ✖ ✖ ✖

「方法はある」

ミツキはドーム上の狙撃者をにらみ上げ、じりじりとつぶやいた。「だけど、たとえ暗転中でも、観客に見られてしまう。……カメラにも」

「多分、あたしも、あんたと同じこと考えてるわ」

サスケに習ったばかりのあの技《わざ》を使えば、ドームの上までおそらく余裕で届くはずだ。

電磁誘導投擲《ローレンツガン》。

だけど、リスクが二つある。

ひとつは、成功率の低さ。電磁誘導投擲《ローレンツガン》は、二つの動作から成《な》る技だ。電撃を飛ばすことと、クナイを投げること。サスケは、その二つの動作を全てひとりでやっていたが、サラダたちにはまだ無理だ。修業中、ミツキが電流を飛ばしてサラダがクナイを投げるという、コンビネーション技の形でなら何度か成功した。しかし、狙った場所にピンポイントで命中させるにはまだ至っていない。

もうひとつのリスクは、ほぼ間違いなく、サラダたち下忍が会場に紛れこんでいたことがバレてしまうことだ。暗殺犯の男二人を死なせてしまった時点で、サラダたちは何らかの処分を受けるかもしれないが、ライブをやりとげたいというリリィの望みまでかなわなくなってしまう――

「このまま何もせずにいるわけにはいかないよ」

ためらうサラダに、ミツキがきっぱりと言った。

「そうね。やるしかないか」

サラダは、クナイを握りしめた。

ミツキが両腕を伸ばし、電流を放つ準備をする。

「サラダ、もし電磁誘導投擲《ローレンツガン》が成功したら、きみはすぐに会場を出て。今回のことは、ボクとボルトの二人で引き受けたことにするから」

「はぁ!? 絶対嫌よ」

「……まぁ。そう言うと思ったけど」

ミツキは両腕を構えた。指先でバチバチとプラズマが弾《はじ》ける。

その明かりを見て、サラダははっと思いついた。

暗転中の暗闇で電流が目立ってしまうなら……その逆の状況を作ればいい！

「待って！ いい考えがあるの！」

サラダは、ミツキを手で制すると、ステージに向かって手裏剣を構えた。サラダの視線の先を追ったミツキは、作戦を察して、小さくうなずいた。

「チャンスは一瞬、だね」

「これくらい、パパの修業に比べたら簡単すぎるわよ」

ステージ上部に備えつけられた、スポットライト。

あの光の向きを客席に向けることができれば、一瞬、ここにいる全員の目をくらませることができる。

サラダは、続けざまに二つ、手裏剣を投げた。

水平方向への飛距離なら、真上への飛距離よりはるかに長い。放《はな》たれた手裏剣はくるくると回転しながら、ちょうど二階席ほどの高さに備えつけられた巨大なライトに向かって飛んでいった。

ライトは、前後左右からロープによって固定されている。計四本のロープのうち手前の二本だけを、サラダの手裏剣は正確に切断した。

ガダンッ！

ライトが大きく傾き、巨大な光源が客席を照らす。

「えっ、何これ!?」

「まぶしい！」

目をくらまされた観客たちが、一斉に顔をそむける。

その隙《すき》をついて、ミツキは両腕をドームの上の男に向かって伸ばした。

「行くよ、サラダ！」

ミツキの手から放たれた電撃が、スポットライトの明かりに紛れてまっすぐに伸びていく。

二本並んだ電流の中心めがけて、サラダは思いきりクナイを投げた。

――お願い！

祈るような気持ちで、飛んでいくクナイの軌道《きどう》を見守る。

赤銅色《しゃくどういろ》の先端は、二本の電流の間に向かって、引き寄せられるように進んでいき――

ギュィンッ!!

磁場の力を受けたクナイはすさまじい勢いで加速して、狙撃手が構えたライフルを弾き飛ばした。

狙撃手はバランスを崩《くず》し、のけぞって倒れた。

イチかバチかの作戦だったけど……上手くいった！

「当たった……」

サラダとミツキは、ぱちんと手を打ち鳴らしてハイタッチをかわした。


一方ステージの上では、スタッフたちが大慌《おおあわ》てでキャットウォークに登り、なぜか途中で切れてしまったライトのロープを結び直していた。

一連のアクシデントの間も、ボルトはプロ根性を発揮して、演技を続けていた。おりしも曲はバラードで、口パクながらにこぶしを利《き》かせて、熱唱を演じている。

観客たちも目が慣れてきたようで、まぶしげに顔をかばいながらも、大人《おとな》しく曲を聴いていた。

ライトが落ちかけたの、ぜってぇサラダとミツキの仕業《しわざ》だな……あいつら、何やってやがんだ……よりによってサビの最中に……。

いつの間《ま》にかボルトは、アイドル役に徹するあまり、まるで本当の自分のライブを邪魔されたような気持ちになっていた。

愛とは　甘い　チョコレート♪
ラブなら　あなたと　スウィーティー♪

歌詞は相変《あいか》わらず謎の世界観だが、しっとりとしたメロディにのせられると、不思議とそれなりのバラードに聞こえてくる。

『ボルトくん、いい感じです！　そのまま、ステージの前方までしっとりと歩いてくださぃ！』

リリィの指示通り、ボルトは前方に向かって歩いた。それを見た前列の観客たちが、黄色い奇声をあげて一斉に、ボルトに手を振る。

客席は相変わらず、ショッキングピンクのペンライトが無数に揺らめいて輝いている。曲もそろそろ終わりが近い。このバラードが終わったら、次は一転してダンスナンバーだ。

ぱちん。

ふいに、耳元で、何かが弾けるような音がした。

そして、ボルトの身体を異変が襲った。

——両腕が勝手に動き出したのだ。

なんだコレ!?

ボルトの意志とは無関係に、両腕が持ち上がっていく。にぶい音を立ててマイクが床に落ち、キィンと耳障《みみざわ》りなハウリングを起こした。

こんな場所で替え玉だとバレたら、大騒ぎになってしまう。テレビカメラも入っているのだ。ボルトは勝手に動く両腕に力をこめ、押さえつけようとした。腕の筋肉が、混乱したようにわななないて震える。

どうなってんだよ……幻術《げんじゅつ》の類《たぐい》か!?

マイクを落としたにもかかわらず、リリィの歌声は相変わらずの大音量で流れ続けている。観客たちは、ステージ上のリリィの異変に気づいて、ざわつき始めた。

あせるボルトの目の前で、ショッキングピンクのネイルを塗った手のひらがふっと揺れ、一回り小さいボルト本来の手のひらに戻った。

――やべッ！

体内のチャクラに意識を集中させ直す。

手のひらはいったんリリィのものに戻ったが、またすぐに、ボルトのものへと戻ってしまった。

どうなってんだってばさ……！

ボルトの身体は、本人の意志とは無関係に、変化の術を解こうとしているようだった。

〈術を解け〉と指令するチャクラと、〈術を続けろ〉と指令するチャクラ――二つの相反《あいはん》するチャクラが、同じ腕の中を流れているかのようだ。

ボルトの手のひらは、チカチカと信号が点滅するように、リリィに戻ったりボルトに戻ったりを繰り返《かえ》した。

「なに、あれ。なんか、リリィの身体、変じゃない？」

「ねー、ホログラムの演出かなー？」

落ち着いて術を制御しろってばさ……。

ボルトは必死に自分に言い聞かせ、自由の利かない身体を動かそうと試みた。

次の瞬間、ガクンと足首がバランスを崩した。靴が脱げて、ボルトはステージの上に倒れこんでしまう。

足も、戻っている。

ボルトは青ざめた。足が小さくなったせいで、バランスを崩してピンヒールが脱げてしまったのだ。

五万人の観客が見守る中、とうとう、顔が引きつり始めた。

リリィに変化してから、まだ一時間。いつもなら、余裕で姿を保《たも》っていられる時間なのに。

顔の表面がふるえ、元のボルトの顔へと戻っていく。身体が縮んでいく。

もう、だめだ。術が消える！

ポン！

乾いた音とともに、身体が煙に包まれて、変化の術が解けた。いつものボルトの姿に、完全に戻ってしまう。

「あれ？　リリィどうした？」

リリィの姿が消え、そして、煙とともに現れたのは――少年？

観客たちがステージをよく見ようと目を凝らした、次の瞬間。

さぁっと、ボルトの身体の周囲を何かが包みこんだ。

水の壁だ。

ボルトの背丈《せたけ》ほどの水の壁が、檻《おり》のように、ぐるりとボルトを取《と》り囲《かこ》んでいる。

え？　なんだこれ？　何が起きたんだ？

気づけば、身体が自由に動くようになっている。わけが分からなかったが、ともかくボルトは大急ぎで印《いん》を結び、もとのリリィの姿へと戻った。

水の壁の向こうに、人影が見える。

爆音でかかっていた音楽が止まり、ドーム内は静まり返っていた。

人影が、かがみこんで何かを拾う。すぐあとに、ゴトンとマイクの電源が入る音が聞こえて、拾ったのはボルトが落としたマイクだったのだと分かった。

「ライブは終わりだ」

聞こえてきたのは、リリィの甲高《かんだか》い声とは違う、落ち着いたよく通る声だった。

「全員、すみやかに外に出ろ。不審な真似《まね》をしたものは、即拘束《こうそく》する」

「なんでここに……サスケのおっちゃんが……？」

ボルトはおののいて、水の壁の向こうににじんだ人影を凝視《ぎょうし》した。

淡々と告《つ》げられた藪《やぶ》から棒の命令に、観客たちは当然、大反発だ。

「なんだそりゃー！　ふざけんな！」

「テメェ忍者か!? リリィを出せーっ！」

「ライブを続けろー！」

ハァ……と、サスケが億劫《おっくう》そうにため息をつく。

突然、おそろしいほどの質量を備えたチャクラの気配を感じて、ボルトはぞくりと背筋《せすじ》を震わせた。

ドームの天井いっぱいに広がったのは、おどろおどろしい紫色の巨人。陣羽織《じんばおり》を来た武将の姿をして、巨大な弓を構えている。いかめしい黄金の双眸は、鬼人《きじん》のごとくらんらんと輝いていた。

「死にたくなければ、今すぐドームから出ろ。ひとり残らずだ」

しん、と、恐ろしいほどの静寂《せいじゃく》が、会場を包む。

次の瞬間、観客たちは悲鳴とともに、我先にと会場から駆け出していった。

非武装の一般人五万人を須佐能乎《スサノオ》で脅《おど》して追い払ったサスケは、くるりと振り返ると、水の壁に手を突っこんで、ボルトの肩に手を伸ばした。

「お前もそろそろ元の姿に戻れ、ボルト」

ポン！

　サスケの指が肩に触れたとたん、破裂音とともに、変化の術が解けた。姫野リリィの外見をしていたはずが、ほんの一瞬のうちに、ボルトの姿へと戻っている。

　水の壁がすうっと引いていく。状況がさっぱり飲みこめず困惑するボルトに、サスケは無表情に聞いた。

「本物のリリィはどこだ？」

「あ、リリィならあそこに……あれ？」

　舞台袖を指さすが、そこにリリィの姿はない。

　首をひねるボルトの隣で、サスケは写輪眼を発動した。

「上に逃げたか」

　短くつぶやくと、ステージ上部のキャットウォークに向かって、手裏剣を投げる。

「キャァッ！」

　短い悲鳴とともに落ちてきたリリィを、サスケは猫でもつまみ上げるように、片腕でキャッチした。

「ちょっとぉ、何すんのよ!?　ケガでもしたらどぉすんのっ!!」

「……やはり、あの時のお前か」

　え？

ボルトはぱちぱちと瞬《まばた》きして、二人の顔を見比べた。
この二人……知り合いなのか？

三章

観客もスタッフも全員追い出して、ドームはすっかりもぬけの殻《から》になった。ボルトはようやくミツキとサラダと合流し、控室《ひかえしつ》に集まった。

部屋の中央では、リリィがパイプ椅子《いす》に座らされている。両足首は、ロープで椅子の脚《あし》に固定されていた。

サスケがリリィを拘束《こうそく》した、ということはつまり、リリィが何らかの容疑者であるということだ。

「これどーなってんの!?　意味分かんないんだけど!?　弁護士呼んでよ!」

ぎゃんぎゃんわめくリリィの姿に、ボルトたちは呆気《あっけ》に取られていた。

「リリィ……性格変わってるってばさ」

「不当に拘束されてる時に、ヨソ行きの顔なんかできますかってーの!」

椅子を揺らして怒るリリィを、サスケは、動物を観察する学者のような目つきで見下ろした。

「その口調、以前会った時と同じだな。こっちがお前の素《す》か」

「サスケのおっちゃん……リリィのこと、知ってんのか？」

「あぁ」

サスケはうなずくと、拗《す》ねたようにそっぽを向いているリリィを見やって続けた。「一度会ったことがある。爆破事件のあった雷車《らいしゃ》の中でな」

「え？」

サラダが怪訝《けげん》そうに眉《まゆ》をひそめた。「それって……たまたま乗り合わせてたってこと？」

「いや。この女は、事件を起こした首謀者《しゅぼうしゃ》の一味である可能性が高い」

そう言うとサスケは、リリィの金髪をつかんで、手前に強く引っぱった。ずるりと頭部全体が剝《は》がれ落《お》ちたかのように見えて、ボルトはあんぐりと口を開けたが、よく見れば剝がれたのはウィッグだ。

長い金髪の下に隠れていたリリィの本来の髪型は、鮮《あざ》やかな赤褐色《せきかつしょく》のショートカットだった。

「言《い》い逃《のが》れはできんぞ」

サスケはリリィの耳たぶをぐいっと引っ張った。そこには、折れ線を描くようにして、五つのピアス穴が空《あ》いている。

「これって……雷車を襲った一味と同じ……」

サラダは茫然《ぼうぜん》としてつぶやいた。リリィが無言で、唇《くちびる》を噛《か》む。

「五つのピアスホール。これは、紫月教団員《しげつきようだんいん》の証《あかし》だ」

「しげつきょうだん?」

聞きなれない言葉だ。ボルトは首を傾《かし》げた。

「水《みず》の国の西部に、紫月島《しげつじま》という離島がある。そこで強い力を持っているコミュニティだ」

サスケは淡々と説明を始めた。「人口三千人を擁《よう》する中規模のこの島は、長らく水影《みずかげ》の支配を嫌って半鎖国《はんさこく》を貫《つらぬ》いてきた。紫月島では、島民の十割が紫月教団に所属していて、その教義が生活の大部分を支配している」

「教義って?」

サラダが聞いた。

「自然の崇拝《すうはい》だ。彼らを生かすのは水影ではなく母なる自然。ゆえに水影には従わない——それが彼らの長年のスタンスだったが、近年は水影の融和《ゆうわ》政策が功を奏《そう》して徐々に国交を開き始め、昨年とうとう、水の国の一部として内外一致で承認された。だが、一部の信仰心の強い紫月教団員は、今でも開国政策に強く反発している」

「その一派が過激派となって、事件を繰《く》り返《かえ》し起こしてたってことですか?」

ミツキは聞いてから、すぐに自分の仮説の矛盾《むじゅん》に気が付いて、疑問を重《かさ》ねた。「でも変だな。それならなぜ、水の国ではなく、火《ひ》の国を狙《ねら》うんだろう」

「火影《ほかげ》の尽力による木《こ》ノ葉《は》の発展が、島が開国するに至《いた》った大きな要因だからだろう。豊かな社会への憧《あこが》れが、紫月島に鎖国を解かせた。連中は、そこを逆恨《さかうら》みしている。おそらくな。……厄介《やっかい》なのは、過激派を、紫月教団の最高指導者〝聖帥《せいすい》〟が自《みずか》ら指揮していることだ。そして――」

サスケはリリィを改めて見下ろすと、ゆっくりと言った。「お前は、その聖帥の一人娘だな？」

「えー！　リリィが!?」

ボルトが場違いにすっとんきょうな声をあげた。サラダとミツキが、顔を見合わせる。

「間違いない」

サスケは断言して続けた。「紫月島に行って確認した情報だ。その間にまさかお前たちが、この女の依頼を受けていたとは予想外だったが……いずれにせよ、この耳のピアスホールが、この女が紫月教団員だという動かぬ証だ」

「だったらなんだっていうの？」

ずっと押し黙っていたリリィが、固い声で、口を挟んだ。赤い前髪ごしにサスケをにらみ上げ、まくしたてる。「確かに私は、紫月教団員よ。父が聖師と呼ばれる過激派のリーダーだってことも認めるわ。でもそれは、私とは関係ない。私は、閉鎖《へいさ》的な田舎《いなか》の島が嫌いで、都会でアイドルになりたくて、火の国へ亡命してきたの！」

サスケは、冷たく目を細めて、リリィを見た。

「火の国に入りこんだのは、スパイ行為が目的ではない、と？」

「違うわよ！　古い考えに固執《こしつ》する父やその仲間のことなんて、大嫌いだったもの。私は、アイドルになりたかっただけ」

「そうだよ、おっちゃん」

ボルトが、リリィとサスケの間に割って入った。「リリィが悪いヤツなわけないってばさ」

「…………」

サスケは無言でボルトを一瞥《いちべつ》すると、リリィに向き直った。

「初めに警告しておこう。こちらはお前についてかなりの情報をすでに得ている。これからいくつかの質問に答えてもらうが、虚偽《きょぎ》が混《ま》じればすぐに分かる」

「あたしには、こんなふうに逮捕される理由なんてないわよ！」

リリィが嚙みつかんばかりの勢いで言《い》い放《はな》つ。「それにねー、あたしを傷つけて、損するのはあんたたちのほうだからね！　あたしには、たくさんのラブリー・ソウルメイトと培《つちか》ってきたメモリアルメモリーがあるんだから。あたしたちの愛コネ、なめないで！」

「………？」

サスケが、意味が分からない、という顔になる。

「ラブリー・ソウルメイトはファンのことで、メモリアルメモリーはファンとの思い出で、愛コネはファンとの絆《きずな》のことだってばさ」

ボルトが小声でサスケに説明した。

「……ともかくだ。お前の身柄《みがら》は、今後、忍《しのび》の監視下に置かせてもらう」

「ハァ？　それって逮捕ってことよね？　無実のあたしにそんな仕打ちしたら、里中のファンが黙ってないわ。大バッシング受けるわよ！」

「オレが、そんなことを気にすると思うか？」

「あなたは気にしなくても、火影はどう？」

火影の名前が出たとたん、サスケが表情を変えた。

その変化を見逃さず、リリィは唇の端《はし》をゆがめて笑う。

「火影は、その働きぶりを、常《つね》にみーんなに監視されてるわ。火影の命《めい》を受けた忍が、無実のアイドルを不当に拘束した——なんて、怖《こわ》いスキャンダルだと思わない？　あたしの味方は、世間にたくさんいるのよ」

リリィの口調は挑発的だったが、サスケは冷静だった。

「質問を始めよう。この国に来た目的は？」

リリィは、舌打ちをひとつして、しぶしぶといった様子《ようす》で答え始めた。

「……田舎を出て、アイドルになりたかったからよ。島民は紫月島から出ることを禁じられているから、密航船に紛《まぎ》れて亡命してきたの」

「いつの話だ」

「三年前。島民の間に開国派が増えて、過激派の紫月教団員たちが反発していたころね」

「現在、お前と過激派たちとのつながりは？」

「ないわよ。とっくに捨てた故郷《こきょう》だもの。唯一《ゆいいつ》の接点は、殺害予告をもらったことくらいかな」

「……やはり、あの手紙が教団からのものだと気づいていたな」

「まあね。有名になったらいつか居所を知られるだろうって、覚悟はしてたから」

リリィの答えはよどみない。

サスケは、注意深くリリィの表情の変化を探りながら、質問を重ねた。

「連中に恨まれる理由は？」

「そりゃ、教団を捨てて、憎き火の国でアイドルになったからでしょ。あのコミュニティは、裏切り者をけして許さない。必ずもう一度、あたしのことを殺しに来るでしょうね。でも、このことは、逆手《さかて》に取れる」

そう言うと、リリィは大きなまるい瞳《ひとみ》で、まっすぐにサスケを見上げた。「あたしが、囮《おとり》になるわ。紫月教団の過激派たちは、島を捨てて火の国におもねったあたしのことを恨んでいるから、必ずまた暗殺しようと狙ってくるはず。奴《やつ》らをおびきよせるエサになるわよ」

「殊勝《しゆしよう》な申し出だな。しかし、まだひとつ、大切な疑問が残っている」

サスケは、座るリリィを見下ろして、短く聞いた。

「父の居場所は？」

「………………」

リリィがあからさまに顔色を変えた。言葉に詰《つ》まり、明らかに動揺した様子で、目を伏《ふ》せる。

「急に大人《おとな》しくなったな。お前は、自分は無関係だと言ったが……それならなぜ、殺害予告を受けた時点で、火影に警護を依頼せず、ボルトたちに声をかけたんだ？」

「それは……教団とのつながりが世間に知れたら、イメージダウンになるし……ライブが中止になるのが、嫌《いや》だったから……」

「本当はこの予告状自体が狂言で、ボルトたちを陥《おとしい》れようとしたんじゃないのか？」

「違うわ！」

リリィは顔を跳《は》ね上《あ》げ、声を震わせた。「違う……私は、父とは関係ない……」

「ならば、父の情報を提供しろ」

底のない黒い瞳に見すくめられ、リリィは瞳を震わせて顔をそむけた。

「……居場所に心当たりは？」

リリィは答えない。答えない理由を述べることすら拒《こば》むように、唇を引き結んで、顔を伏せている。

「なぜ言わない」

サスケは、リリィに向かって静かに聞いた。

「父親と不仲だというお前の証言が真実なら、そんな男を、なぜかばう」

沈黙が、部屋の中に落ちた。リリィは相変《あいか》わらず押し黙ったまま、言葉を飲みこみ続けている。

自主的に言わないのなら――やりたくはないが、無理やり吐かせるしかない。

写輪眼《しゃりんがん》を発動しようとしたサスケの手首を、横から伸びてきた手がつかんで止めた。

「もうやめてよ……」

手首をつかんだまま、サラダがおずおずと言う。「パパ、リリィは言わないよ、絶対」

「故郷に反発して島を出たこの女が、自分の命を狙う父親の情報を渋《しぶ》る理由がどこにある？」

「え……あるに決まってんじゃん」

サラダはじれったそうに、サスケに向かって言った。「家族だもん」

家族。

思いがけない言葉が出てきて、サスケは思わず、目をしばたたいた。

「いくら犯罪者だったとしても、娘が親を売るわけないよ。私がリリィの立場だったとしても、パパのことしゃべらない。家族だもん」

当たり前のようにサラダに言われて、サスケの頭をよぎったのは、兄の顔だった。ダンゾウから一族抹殺《まっさつ》という辛《つら》すぎる指令を受けながら、弟であるサスケだけを見逃し、最後には自分を殺させた男。

誰よりも優しかったイタチは、自分を犠牲《ぎせい》にして、それでも弟を生かすことを選んだ。

それは、聡明《そうめい》で任務に忠実だった兄とは思えない、あまりに捨て身の選択だった。

家族だから。

かつて兄に教えられたのと同じことを、今度は娘から教えられている。

サスケは、ちらりとボルトのほうを見やった。ボルトは、ハラハラしているような、やきもきしているような、落ち着きのない表情で、サラダとサスケとを見守っている。昔のナルトも、サスケの前で、よく同じ表情をした。

サスケは、短いため息をついて、静かに告《つ》げた。

「黙秘権《もくひけん》は認めよう。しかし、お前の容疑が晴れたわけじゃない。カタがつくまで、当分は、軟禁させてもらうぞ」

チッと舌打ちして、リリィが忌々《いまいま》しげに目を逸《そ》らす。荒々しいその挙動は、アイドルの姫野《ひめの》リリィとは、もはや完全に別人だった。

✦ ✦ ✦ ✦ ✦

翌朝の新聞は、最悪だった。

――姫野リリィ、ライブ中止。観客大混乱。

――うちはサスケがライブを中断。火影の命令か?

一面記事はおおむねサスケに批判的で、ライブを中断させたからには何らかの説明をすべきだと、みな一様《いちよう》に口をそろえている。

リライブが中断になった理由も、活動休止を発表した姫野リリィの消息も明かされず、リリィファンたちは状況の知れないストレスを怒りに変えて、連日のバッシングを続けた。

忍が命をかけて守ってきた里人が、こんなにも簡単に、ひとりの忍を吊《つ》るし上《あ》げるのか――ニュースを見るたび、ボルトはやりきれない気持ちになった。

そんな騒動が始まって、はや三日。

『連絡があるまで待機しろ』との通達があったきり、サスケからのコンタクトは依然《いぜん》としてない。

修業にも身が入らず、ボルトとサラダ、ミツキは、所在なく新市街をふらついていた。

「父ちゃんはなんも教えてくれねえし……サスケのおっちゃんと、会って話してえな……」

ボルトは重たげに、顔を上げた。

視線の先には、交差点を見下ろすビルの中ほどに備《そな》えつけられた、大型ビジョン。ナルトやボルトも出演したことのある、お昼の対談番組が放映されている。

本日のゲストは、今最《もっと》も世間を騒がせている男――うちはサスケだった。

常に日陰《ひかげ》仕事に徹《てっ》するこの男が、お昼のテレビ番組に出演するとは、前代未聞《ぜんだいみもん》だ。連日のバッシングに対して弁明をしたくなったに違いない、と世間はあれこれ噂《うわさ》をしたが、実際に番組が始まってみれば、サスケの返答はむしろ真逆だった。

「……では、今回の姫野リリィ騒動に、七代目火影は一切《いっさい》関与していないということですか？」

「あぁ。全《すべ》てオレが単独でやったことだ」

サスケの返答は短く簡潔で、まっすぐだった。受け答えは常に明確で、司会者がどんな角度から質問をしても、「今回の件は自分の単独である」というスタンスをあくまで崩《くず》さない。

火影に降りかかる火の粉を払っているのか。自分を盾《たて》にして。ボルトは歯がゆい気持ちで、大型ビジョンをにらみ上げた。

「騒動以降、姫野リリィが公《おおやけ》に姿を見せていないことを心配するファンの声があることはご存知ですか？」

「姫野リリィ本人についての質問には答えられない。里の機密に関《かか》わる事項だ」

「ライブを中止したのはやりすぎだったとの声もありますよね？」

「里の存亡《そんぼう》に関わる事態になる恐れがあった。仕方ない」

「仕方ない、ですか。リリィファンが聞いたら反発しそうな発言ですが……？」

「真意だ」

言うだけ言うと、サスケは一方的にインタビューを切り上げて立ち上がり、さっさと画面の外にフェードアウトしてしまった。

「あ、ええと……本日の放送はここまでです」

女性司会者が慌《あわ》ててとりつくろい、番組が終わる。

「おっちゃん、なんで言わねえんだよ……」

ボルトは苦々《にがにが》しげにつぶやいた。

ミツキがうなずいて言う。

「もとはと言えば、ボクたちの判断ミスだ。リリィに相談を持ちかけられた時、単独で受けたりせず、七代目に報告すべきだった」

「いや……」

ボルトは口ごもった。ミツキやサラダが反対していたのに、依頼を受けようと言い出したのはボルトだ。依頼を成功させてサスケに認められたいと思ったのに、反対に、サスケに迷惑をかけてしまうなんて――。

ボルトは暗い顔で、隣のサラダに目を向けた。

「……サスケのおっちゃん、全然家に帰ってないか？」

サラダが、首を横に振る。

「もうずっといない。ママは『あの人は大丈夫』って、全く心配してないけど」

あーあ、とボルトは恨《うら》めしげに、大型ビジョンを見上げた。

スタジオのカメラは、スタジオから出ていこうとするサスケの横顔を映している。

「わ〜、うちはサスケだ〜」

通りすがった若い男が、大型ビジョンに目を留《と》めて言った。

一緒にいた男が、「うちはサスケ、むかつくよなぁ」と顔をゆがめる。

「人が楽しみにしてたライブ勝手に中止にしやがって。ちょっとイケメンだからって調子のってんじゃねーっつの!」

嘲笑《ちょうしょう》して去っていく二人組を追いかけようとしたボルトは、ミツキに腕をつかまれて、手前につんのめった。

「何すんだよ、ミツキ。放せって」

「放したらあいつらに殴《なぐ》りかかるでしょ」

「あたりめーだろ!」

ボルトは勢《いきお》いよく言ったが、ミツキにじっと見つめられて、「……分かったよ」と、あきらめたように腕を下ろした。

「くっそぉ、あいつら好き勝手言いやがって……なんも知らねえくせによ!」

「だからって殴っちゃだめでしょ。ちょっと落ち着きなさいよ」

サラダはやけに静かな声で言うと、去っていく二人組の背中をにらんだ。「パパは、あんな奴らに何言われたって、気にしないわ。……私はムカつくけど」

✖✖✖✖✖

何かが窓ガラスを叩《たた》く音でボルトが目を覚ましたのは、それから一週間後のことだった。

真夜中の三時半。ゴンゴンとせわしなく窓を叩き続けているのは、やたらに目つきの悪い鷹《たか》の嘴《くちばし》だ。

ボルトが窓を開けてやると、鷹は、手のひらほどの紙片をはらりと床に落とし、飛び去っていった。

——午前四時、旧市街第三倉庫前
「四時!?」

紙に書かれた文字を読んだボルトは、大慌《おおあわ》てでクローゼットに向かい、パジャマを着替え始めた。今時鷹を使って伝令を飛ばしてくるのなんて、サスケくらいだ。四時まであと三十分しかない。

「あの鷹、どっかで道草食ってたんじゃねェだろーな!?」

ブックサ言いながら着替え終え、寝ている家族を残して家を発《た》つ。辺《あた》りはまだまっ暗だった。満月が、今にも夜の底に沈みそうに、空の低い位置で輝いている。

書かれていた場所に行くと、すでにミツキとサラダが到着していた。やはり寝ていたところを起こされたためか、サラダは寝ぐせの髪がぴょこんと立っている。ミツキはいつもと変わらない佇《たたず》まいだ。

「サスケのおっちゃんは?」

ボルトが聞くと同時に、「そろってるな」と背後で声がした。振り返ると、サスケが影の中から姿を現した。

「任務だ。一時間後に港を出て水の国へ向かう貨物船に、紫月教団員過激派が乗りこんでいるらしい。聖師と呼ばれるリリィの父親がいる可能性が高い。水の国にいる仲間と合流するつもりだろうが、またとない機会だ。ここで一網打尽《いちもうだじん》にするぞ」

言うだけ言うと、さっさと出発するぞとばかりに踵《きびす》を返したサスケに、ボルトは慌てて声をかけた。

「ちょっと待ってくれよ。サスケのおっちゃん、大丈夫なのか?」

「何がだ」

「あの……テレビとかで、バッシングされてて……オレたちのせいで……」

ボルトは手のひらをぎゅっと握《にぎ》りしめ、顔を上げた。

「ごめん。もとはといえばオレたちの判断ミスのせいなのに」

「謝るな。たいしたことじゃない」

勇気を振《ふ》り絞《しぼ》ったボルトの謝罪《しゃざい》に対して、〇・一秒で返ってきたサスケの返事はあまりにあっさりとしていた。

「でも、みんなおっちゃんのこと、名指《なざ》しで非難してて……」

「お前たちの名前が出るよりはるかにマシだ。それより、早く港に向かうぞ」

「…………」

促《うなが》されても、ボルトは浮かない顔のままだ。サスケは小さなため息をついた。

「ボルト。人から嫌われるのも、オレの仕事のうちだ。お前が気に病《や》むようなことじゃない」

「嫌じゃねえの？　里を守るための任務についてるのに……その里人から、好き勝手言われて」

「お前の気持ちは分かる。オレも昔は、自分の身内が不当に汚名《おめい》を着せられていることに、憤《いきどお》っていたからな。だが、これが自分のことになると、急にどうでもよくなるんだ。不思議なことにな。それに……オレには、里を守っているという意識はあまりない。どちらかといえば、お前の父親を手伝うことが目的だ」

そう言うと、サスケはくしゃりとボルトの金髪をかき回した。「だから、気にするな」

気にするな、と言われても。

ボルトは複雑な気持ちで、サスケの顔をぐるりと眺《なが》めた。端正《たんせい》な顔立ちは相変わらずの無表情で、いつもと全《まった》く変わりない。

「……分かった」

納得《なっとく》したわけではなかったが、一応、うなずいた。本人が全く気にしていないのに、外野があまり心配するのも変だ。

サスケは小さくうなずくと、飛び上がって民家の天井に上がった。人目がないのをいいことに、堂々と家屋の上を通るつもりらしい。ボルトたちもあとに続き、屋根伝いに飛び移りながら、港までの最短ルートを駆け抜けた。

「ボルト、気になることがあるんだが」

隣を走るボルトに、サスケが声をかけた。「ステージで敵の攻撃を受けたな?」

「え」

「水遁《すいとん》の壁で取り囲んだ時だ」

そういえば。

騒動のあといろいろあったのですっかり忘れていたが、確かにサスケが現れる直前、ボルトは急に身体《からだ》のコントロールを失った。勝手に両腕が動き出し、なぜか、変化《へんげ》の術が解けてしまったのだ。

その時のことをボルトが説明すると、サスケは即座につぶやいた。

「身体の自由を奪《うば》う能力……やはり雷遁《らいとん》だな」

「なんで分かるんです?」

前を走るミツキが、不思議そうに振り返る。

「人間が身体を動かす時、脳からの指令が電気信号となって筋肉を動かしていることは知ってるな?」

「うん」

「はい」

「まあ」

サラダとミツキ、そしてボルトが順番にうなずいた。

「仮説だが、おそらく敵は、脳からの電気信号によく似た電流を作ることができるはずだ。

そして、その電流を対象の身体に流すことで、脳からの指令を装《よそお》って任意の行動を取らせる。腕を動かせとか、変化の術を解け、とかな」

「生体電流を生み出せるってこと？　そんなことできるの？」

サラダが、信じられないという顔で聞く。サスケはうなずいた。

「あぁ。恐ろしいほど繊細《せんさい》なコントロールを要するが、理論上は可能だ」

「じゃあ……あの時オレの身体を、敵の作った電流が流れてたってことか？」

ボルトは、気味悪そうに自分の身体を見た。

「水遁の壁に囲《かこ》まれたとたんに支配がとけたのが証拠《しょうこ》だ。あの時、敵は会場のどこかから、ボルトに電気信号を飛ばして操作していたはずだ。その後、水の壁が、ボルトの周囲を三百六十度取り巻いた。それで、電気信号がさえぎられたんだ」

「水って電気をよく通すんじゃねえの？」

ボルトが首を傾げる。

「通常、水は多くの不純物を含む。水が電気をよく通すのは、この不純物が媒介《ばいかい》になっているためだ。そして、オレの水遁には、一切《いっさい》の不純物が含まれない。酸素と水素のみで構成された、純然たる『水』ってことだ」

水は酸素と水素からなる。

昔アカデミーで、シノが言っていたことを、ボルトはぼんやりと思い出した。

「純水には、不純物がないから、電気を通さないってことですね」

ミツキが、合点《がてん》がいったように言う。

「でも、生体電流と同様の雷遁を生み出すなんて……脅威《きょうい》だわ」

難しい顔でサラダがつぶやき、サスケは「その通りだ」とうなずいた。

「身体に流れてもそれを感じさせないほどの、ごくわずかな電流に調整する必要がある。それほどの微細《びさい》なコントロールは、雷レベルの雷遁を放つよりも難しいかもな」

微細なパワーコントロール。

それは、角砂糖のサイコロを転がすあの修業にも、通じるところがある。

「でも……」

サラダが、なおも疑問を重ねた。「雷遁を使うってことは、敵は忍者なの？　ライブ会場内にいた連中は、みんな銃を持ってたけど」

「忍術を使うのはごく限られた者だけのようだ。その他の戦闘員は厳密には忍ではない」

サスケは、前を向いたまま答えた。「紫月教団の起源は、もともと忍者の一派が僻地《へきち》に住み着いたことから始まると言われている。現在でも紫月教団の戦闘員は、おおよそ下忍《げにん》から中忍《ちゅうにん》と同程度の身体能力を有していると考えられる。連中が忍者と違うのは、大部分の人間が、チャクラの代わりに技術に頼る点だ」

いつしか市街地を抜け、一行は里の外《はず》れに至っていた。並び建つ家々はまばらになり、足場は屋根瓦《やねがわら》から木の枝へと変わっている。

ボルトたちの勢いに驚いた鳥たちが、バタバタと飛び立った。

「忍がチャクラを使って自然界の力を借りようとしたように、奴らは自然を観察し、その理《ことわり》を知ることで、強さを得てきた。それが科学だ。連中が持つ高性能の爆弾や銃も、その技術の発展の副産物だ。科学と忍術と、紫月教団――この三つは、相反《あいはん》するものではなく、むしろ根を同じくするものといっていい」

科学と忍術の根は同じ、か。

ボルトは走りながら、手をぎゅっと握りしめ、視線を足元に落とした。

科学は、忍術と敵対するもので、かっこ悪くてずるがしこい手段だと思っていた。というか、今でも少し思っている。だけどサスケは、科学が解き明かしたこの世の理を忍術に生かすことで、忍者としての能力の幅を大いに広げている。

自分もそうなりたい。

サスケみたいに、強い忍者になりたい。

「見えてきたぞ」

前を走るサスケが言った。「あの船だ」

森がひらけた先に、真っ黒い海が広がっている。

小さな港に、不釣り合いなほど巨大な船が停泊していた。紺《こん》と茶に塗り分けられた船体が、月明かりを背にして泥のような影となり佇んでいる。耳をそばだてれば、四人の足音に混じって、海面を引っかくほどのかすかな波音が聞こえてきた。

あの船の腹の中に、敵がいる。

誰からともなく、走る速度を上げていた。

四章

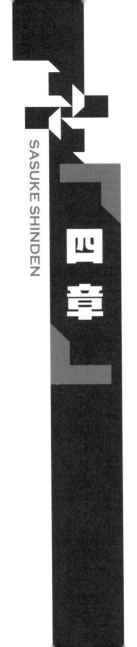

港には、貨物船の船員たちが十数名もずらりと並び、サスケたちを待ち受けていた。

「火影《ほかげ》様よりお話は伺《うかが》っております」

船長とおぼしき、他よりやや立派な服装の男が、サスケの前に進み出る。

「船の操縦は手筈《てはず》通りにセットしました。十分後に出航。自動操縦で、水《みず》の国の港までの航路を取ります。着岸までフルオートパイロットです」

「船員は残ってないな？」

「はい、ここにいる者で全員です」

「え、じゃあ今、船の中にはアイツらしかいないのか？」

横で聞いていたボルトが、驚いた声をあげた。

「あぁ。戦闘に巻きこむと危険だからな。出航の直前、船員たちには全員下船してもらった」

「袋のネズミってことですね」

ミツキが、巨大船を見上げてつぶやく。

どうやらサスケは、今日のために短い期間で周到な用意を進めていたようだ。

船長によれば、この船は、貨物船としては最大級のもので、全長八十メートル、総重量は千六百トンにも及《およ》ぶという。船の後方には跳ね橋《はばし》型の扉があり、開けると小さな船着き場になる仕様で、水質調査の折や緊急時などには、そこから二台の水上バイクを走らせることができるようになっている。

船内は上下三層に分かれている。それぞれの層を行き来するためには、船の前方をぶち抜く階段と中央階段を使うしかないらしい。

「階段でしか行き来できないのは追いつめやすいけど、侵入が面倒ですね。人目につきやすい」

ミツキが、眉《まゆ》をひそめて言う。

「別の場所から侵入すればいい」

そう言って、サスケは船の中ほどを指さした。

見れば、船の第二層に当たる部分に、丸い形の窓がついている。

出航後しばらくはあの窓の周《まわ》りで身を潜《ひそ》め、ほどよい頃合いを見計《みはか》らって窓を壊し、中に入る――という段取りらしい。

サスケたちはチャクラをコントロールして船の外周をよじ登り、窓の周辺に貼《は》りついた。

中をうかがうと、薄暗い船室に、簡素なベッドと小さな机が置いてあるのが見える。紫月《しげつ》教団員《きょうだんいん》の気配はないようだ。

「出航したら、ここから中に入るぞ」

サスケの言葉に、全員が小さくうなずいた。

出航予定時刻は午前五時。夜明け前の薄暗がりの中、じっと身を潜めて出航時刻を待つ。

「4、3、2……」

サラダが腕時計を見ながらカウントダウンする。

「1、0！」

五時きっかり。ボー、とにぶい汽笛をあげて、船がゆっくりと離岸した。

港が遠のいたのを確認して、ボルトは窓に向かって拳《こぶし》を振りかざした。

「そろそろガラス割るか？」

「いや、その必要はない」

そう言うと、サスケは、窓ガラスに手を触れた。

次の瞬間、どろりと水のようにガラスが溶《と》け落《お》ちる。

「うおっ!?」

驚いて足を滑《すべ》らせたボルトを足にひっかけて受け止めると、サスケはそのまま膝《ひざ》を上げ、ガラスの消えた窓枠《まどわく》の内側へひょいとボルトを入れてやった。

「すげ～！　おっちゃん、今のどうやったんだ⁉」

「高密度に圧縮した火遁《かとん》の熱を一気にガラスに広げて溶かしたんだ」

窓枠をまたぎながら、サスケが言う。サラダとミツキもあとに続いた。

まずは敵の位置を知ろうと、写輪眼《しゃりんがん》を発動しかけ――サスケははたと止まり、サラダのほうを振り返った。

「サラダ、写輪眼で船の中を探れるか」

「え……うん。でも、パパじゃなくて、私がやるの？　この船大きいし、パパがやったほうが……」

「お前なら大丈夫だ。やってみろ」

貴重な実戦の経験。弟子《でし》たちの成長を図《はか》るには、うってつけだった。

ふとサスケの脳裏《のうり》をよぎったのは、モモシキたちと戦った時のことだった。あの時、ナルトは、とどめの螺旋丸《らせんがん》を自分では撃たず、ボルトに撃たせた。なぜわざわざ未熟なボルトに撃たせたのかと、あの時は少し疑問に思った。でも、今ならナルトの気持ちがよく分かる。ナルトは、息子《むすこ》に、実戦での経験を積ませたかったのだ。

サラダはまぶたを閉じると、カッと目を見開き、写輪眼を発動した。

虹彩《こうさい》に紅《あか》い光が宿り、三《み》つ巴《どもえ》が浮かぶ。

「全部で三グループいるわ。デッキの上に四人と、第二層の中央階段裏に四人、第三層の最西に一人。それから……爆弾が仕掛けられてる」

「爆弾ン!?」

ボルトが目をむいて叫んだ。「どこに、いくつあんだよ」

「あちこちに、たくさん」

「マジかよ〰〰」

サスケは目を閉じ、ひそかに写輪眼を発動させて、サラダの探索《たんさく》が間違っていないことを確認した。爆弾は、全部で十八箇所《かしょ》。形状からして、振動に反応するタイプではなく、時限式だろう。

「ここからは個別行動だ」

サスケが告《つ》げると、三人は「え」とそろって目を丸くした。

「全員バラバラってことですか?」

ミツキに聞かれ、サスケは「あぁ」とうなずいた。

「ボルトは第三層、サラダは第二層。ミツキはデッキへ行け。真《ま》っ向《こう》勝負は挑《いど》まず、不意打ちを狙《ねら》って無力化しろ。あと、船はなるべく壊すな」

「おっちゃんは?」

「オレは船内の爆弾を回収してまわる」

ミツキとボルトは、ちらりと顔を見合わせた。その表情は、不安半分興奮半分といったところだ。より自信がなさそうな表情なのはサラダで、困ったように目を伏《ふ》せている。

「不安そうだな、サラダ」

サスケが声をかけると、サラダはためらいがちに、打ち明けた。

「……正直、ちょっと心配かも。リリィのライブで、私とミツキが客席にいた二人を追いつめた時、天井の男は躊躇《ちゅうちょ》なく仲間を殺して口封じしたよね。……それほどの覚悟を持った連中を相手にして、私ひとりで大丈夫かなって……」

「それほどの覚悟、か」

サスケは、小さく笑って続けた。「オレに言わせれば、それこそが奴《やつ》らの限界だ。仲間を大切にしない奴はクズだからな」

ふと思いついて口にしたのは、かつての師からの受け売りだ。あれから長い時を経《へ》たが、いまだに、カカシはサスケの師であり続けている。

なおも不安げなサラダの頭の上に、ぽんと手のひらをのせて続ける。

「そんな顔をするな。オレの仲間は殺させやしない」

大昔に受け取った言葉を、今こうして、ひとつ先の世代の子供たちに投げている自分に気づいて、サスケは不思議な気持ちになった。子供だった自分が周りの大人《おとな》から受け取ってきたものを彼らに渡すことで、守ってきたものが巡《めぐ》っていく——なんだか、自分の寿命まで延びたような、妙な感覚だ。

「うん。大丈夫って気がしてきた。がんばるよ、パパ」

サラダが、サスケの大きな手のひらを上目遣《うわめづか》いに見上げ、嬉《うれ》しそうにつぶやく。

「ああ——それから、これも持っていけ」

サスケは、サラダの手首に、リストバンド状の小さな機械を巻いた。機械上部には、小さな射出口がついている。

「パパ、これって……」

科学忍具《にんぐ》。

忍術を小さな巻物に封印することで、術者以外の人間も忍術を使えるようになる、画期的な発明品。木ノ葉隠《こ　はがく》れの里が誇る、科学忍具班による最新鋭の忍具だった。

✖ ✖ ✖ ✖ ✖

ミツキは船の外壁をよじ登り、手すりの陰《かげ》からデッキの様子《ようす》をうかがった。

旅客船ではないので、デッキは狭く、見通しも悪い。動く人影はないが、ぼそぼそと、話し声が聞こえてくる。

板張りのデッキに上がり、物陰に隠れながら歩を進めると、重《かさ》ねて積まれた救命ボートの陰に、何人かの男たちがかがみこんでいるのが見えた。

男たちは、全部で四人。四角い機械を取《と》り囲《かこ》んで、何やら作業をしているようだ。

あの機械は爆弾だと考えるのが自然だな……。

何人か逃がしてしまうことになっても、まずは爆弾を無効化したほうがよさそうだ。ミツキは暗がりに紛《まぎ》れるようにして、ゆっくりと男たちに忍び寄った。

腕を長く伸ばし、男たちの影に紛れながら、中央の機械へと手を伸ばす。

「おい！　何だこれ!?」

男のひとりが気が付いて声をあげた時には、もう手が届いている。ミツキは四角い箱をつかむと、勢《いきお》いよく腕を縮《ちぢ》めた。回収した機械を確認する。

「なんだ、この状態か」

空《から》のアクリル箱。まだ爆弾をセットする前の段階だ。ミツキは箱をデッキに捨てると、床を蹴《け》った。

四人の男たちのうち、二人がミツキに対応して、銃を構《かま》えた。もう二人は、船内へ逃げようとしている。

ダン！　ダン！

二発の銃声があがったが、いずれもミツキにはかすってもいない。

ミツキは一気に距離を詰《つ》め、右の男の首をつかむと、左の男の顔面に思いきりぶち当てた。頭と顔面とが激しくぶつかり合い、ドゴッとにぶい音がする。頭突きをされたほうの男は、そのままふらりと床に倒れたが、頭突きをしたほうの男はまだまだ元気で、ミツキの手首をつかんで引《ひ》き剝《は》がそうとする。

ミツキは男の頭を、思いきり壁に打ちつけた。

「がッ……」

男が短い悲鳴を漏《も》らす。ミツキは指に少しずつ力をこめて首を絞《し》め、頸動脈《けいどうみゃく》を圧迫した。

男の顔が青黒く変色し、口の端《はし》から泡がこぼれおちる。ミツキの手を引っかいてもがいていた手が、だらりと垂《た》れ落《お》ちてからきっかり七秒。手を放すと、意識を失った男の身体《からだ》は、ずるりとくずおれた。

よし。これで、この二人は無力化できた。

ミツキがほっと胸を撫《な》で下《お》ろしたのも、束《つか》の間《ま》。

グォン！

突然、けたたましいエンジン音が海上に響《ひび》き渡《わた》った。

はっとして手すりに駆け寄り、身を乗り出して船の後方を見る。最初に逃げた二人が、それぞれ水上バイクに乗って船から飛び出していくところだ。

「まずい！」

ミツキはデッキの手すりを乗り越え、二十メートル下の海面に向かって飛び降りた。着水直前に船体を蹴り、反動をつけて横に飛ぶ。そうして、前を走る男の水上バイクに向かって、思いきり手を伸ばした。

指の先が、逃げる水上バイクの後部をわずかにつかむ。

「クソ、離れろ！」

逃げる男が、左右に大きく蛇行《だこう》運転して、ミツキを引き剝がそうとする。それに加《くわ》えて、ジェットノズルが吐き出す噴流の水圧ももろに浴びたが、ミツキは手を放さなかった。右腕を縮めて水面を滑り、水上バイクの尻に飛び乗る。

「この……ッ！」

男が振り向きざまに銃を向けたが、距離が近すぎる。ミツキは銃身を素手《すで》でつかんで、空に向けた。

パァン！

乾いた破裂音とともに、銃弾が空に向かって発射される。その勢いのままミツキは銃を取り上げると、銃把《じゅうは》で男の後頭部を殴《なぐ》った。

「がッ……！」

前のめりになった男のアゴめがけて、続けざまに膝蹴りを食らわせる。男は、白目をむいて意識を失った。

「まずはひとり……」

気絶した男を足元に転がすと、ミツキはハンドルを握《にぎ》り、スロットルレバーを引いた。

ブォン！

水上バイクは一気に加速した。水飛沫《みずしぶき》を散らしながら、前を逃げる男を猛然と追いかける。

ブォンブォンブォォォォ——!!

エンジンが怒号《どごう》をあげる。高速で動いているであろう座席の下のジェットポンプが、あっという間にバイクを最高速度まで押し上げた。

しかし、二台の水上バイクの距離は、一向に縮まらない。バイクの性能は全《まった》く同じで、向こうもフルスロットルで走っているのだ。

これじゃあ埒《らち》が明かない……せめて、相手が少しでもスピードを落としてくれれば……。

焦《じ》れるミツキの目に入ったのは、ハンドルの斜め右にある小さなボタンだった。オレンジ色のダイオードが輝く四角いボタンの下部には、『Ignition』と書かれている。

イグニッションスイッチ……エンジンを起動させるためのボタン。走行中にこれを押せば、水上バイクは自動で速度を落として停止する。

ミツキは、前方に目をやった。前を走る男のバイクにも、同じボタンがある。ミツキより、五メートル前方——風遁《ふうとん》なら余裕で届く距離だ。

風遁を飛ばして、相手のバイクのイグニッションスイッチを押すことができれば、追いつける。

しかし——。ミツキはハンドルを握ったまま、思考した。

もしも当てる風の力が強すぎたら、最悪の場合、水上バイクごと爆発させてしまうことになる。

一瞬の躊躇ののち、ミツキは腹をくくった。

大丈夫だ、きっとできる。水上バイクのボタンは、角砂糖ほど、もろくない。

その時、少し大きな波が来て、機体がふわりと宙に浮いた。

——今だ！

ミツキは両足でしっかりと座席を挟《はさ》み込《こ》み、足元でのびている男が落ちないように胸を思いきり踏んで押さえつけた。両手を放し、飴玉《あめだま》ほどの大きさのボタンめがけて、風遁を放つ。

飛び出した突風が、ゴォゴォと音を立ててうねりながら、オレンジ色の光めがけて飛んでいく。

突風がイグニッションスイッチを押せたか否《いな》か、ミツキは自分の目で確認することはできなかった。

ダァン！

ミツキを乗せたまま浮き上がった水上バイクが、衝撃とともに海面に着水する。ミツキは着水寸前でゆるめたスロットルレバーを、再《ふたた》び強く引いた。

ブォン！

水柱のど真ん中を突っ切って、ミツキを乗せたバイクはなおも突き進む。前を走るバイクも同じように猛然と前進していたが、その速度は、目に見えて遅くなっていた。

スイッチのオレンジ色の光が、消えている。

当たったか――。ミツキは乾ききった唇《くちびる》を舐《な》めた。

前を走る男が異変に気づき、スロットルレバーを握りこむが、速度は落ちる一方だ。ミツキと男との距離は、みるみる詰まっていく。

そろそろ腕が届く……！

ミツキは、前に向かって右腕を伸ばした。同時に男が振り返り、驚きの形相《ぎょうそう》を浮かべる。

慌《あわ》てた男が操作を誤《あやま》ったのか、次の瞬間。

水上バイクがすさまじい勢いでつんのめった。

グォン！

男の身体が、高々と放り上げられる。水上バイクはそのまま海面に打ちつけられながら三回転したのち、黒煙をあげて爆発した。

「あー、もう……！」

ミツキは、バイクの座席を蹴って飛び上がった。腕をムチのように振るって、放り上げられた男をキャッチする。そのまま空中で体勢を変えて、放せとか殺せとかわめく男の首《くび》筋《すじ》に軽く手刀《しゅとう》を入れて黙らせると、再び水上バイクの上に飛び下りた。

気絶した男を、最初の男とは反対側の足元に転がして、ミツキは再びハンドルを握った。

やれやれ。これで、ボクの任務は完了。

一息つきつつ、速度を落とそうと、スロットルの握りこみをゆるめた。

しかし、スピードは変わる気配がない。

「あれ？」

今度はイグニッションスイッチを押してみる。

しかし、水上バイクは停止するどころか、相変《あいか》わらずの最高速度のまま、猛然とひた走り続けている。

「……もしかして、どっか壊れた？」

着水の衝撃のせいだろうか。

さっきまで最高速度で一定していたはずのスピードが、どんどん上がっている。

このままでは、バランスを崩《くず》すのは時間の問題だ。

機体が小さく跳ね、それだけでもビリビリくるような衝撃が身体に走った。こんな速度でマトモにひっくり返ったら……自分ひとりなら助かる方法はいくらでもあるが、足元でのびている男たちまで助けるのは至難《しなん》だ。

——などと考えている間に、目の前に大きな波が迫《せま》っていた。

「ま……まずいね、これ……」

仕方ない。男たち二人だけでもなんとか口が利《き》ける状態で生かすことができれば、最悪自分がどうにかなってもみんながなんとかしてくれる。

ミツキは足元の男たちを引き寄せ、両脇《りょうわき》に抱《かか》えた。まもなく、波にぶち当たって、バイクがひっくり返る。その瞬間に男たちを抱えて飛び上がり、自分がクッションになるように背中から着水する。男二人を抱えたまま、船まで泳ぎつけるかどうかは、賭《か》けだ。

衝撃に備《そな》え、ミツキは飛び上がる準備をした。次の瞬間——

ピキン
結晶が弾《はじ》けるような音とともに、バイクががくんと速度を落とした。

「え？」

パキパキと、何かが結晶化するような音。

みるみる速度を落とした水上バイクは、小高い波をぬるりと乗り越え、やがてゆっくりと停止した。

海の上にいるというのに、ひんやりとした空気が、辺《あた》りを覆《おお》っている。ミツキは白い息を吐きながら、信じられない思いで周囲を見回した。

「これって……」

バイクの周りを包むようにして、海が氷漬《こおりづ》けになっていた。

振り返ると、氷の橋が、遠く船の舳先《へさき》から伸びている。

「もしかして……サスケさん？」

＊＊＊＊＊

最下層である第三層に侵入したボルトは、じっと身を潜め、周囲の様子をうかがった。

板張りになった船の中は、高さ二メートルほどの巨大なコンテナが並んでいて、見通しが悪い。しかしそれは、逆に言えば、こちらが身を隠す場所がたくさんあるということだ。

サラダによれば、三層に潜んでいる男はひとりだけだ。単独でコンテナの周りを歩き回っているというから、盗めるものがないか探しているのか、それとも爆弾を仕掛ける場所を見繕《みつくろ》っているのかもしれない。

ボルトは第三層の中ほどで、コンテナの前にかがみこんだ男の影を見つけた。サラダが写輪眼で確認した通り、単独で行動しているようだ。

コンテナの陰に身を潜め、手のひらの中でチャクラを練《ね》る。敵がひとりなら、螺旋丸《らせんがん》をぶつけて昏倒《こんとう》させてしまえば済《す》む話だ。ただし、気絶で済むためには手加減が必要になる。

しかも、ボルトと男とを結ぶ直線距離の左右には、コンテナの角《かど》が突き出している。重そうなコンテナに邪魔されない軌道を、慎重《しんちょう》に見定《みさだ》めなければならない。

男の背中に狙いを定め、ボルトは陰からそっと出て、螺旋丸を放《はな》った。死なない程度の威力に調整した、超手加減バージョンを。

ドゴゴゴゴゴッッッッ！

放たれた螺旋丸は音もなく忍びより、男を昏倒させる……はずが、左右に並んだコンテナをまとめて十数個ほども吹っ飛ばして轟音《ごうおん》とともに突き進んだ。螺旋丸の直撃を受け、倒れた男の上に、落ちてきたコンテナの残骸《ざんがい》がどごごご降《ふ》り注《そそ》ぐ。

「えっ⁉　なんで⁉」

手加減したのになぜコンテナが吹き飛んだのかと、一瞬戸惑《とまど》ったボルトだが、すぐに合点《がてん》がいった。中身があると思っていたコンテナは実は空っぽで、至近距離で受けた螺旋丸の風圧にも耐えられなかったのだ。

納得《なっとく》するボルトの目の前で、ひときわ大きなコンテナの破片が、ドスンと男の上に落下した。

まずい！

ボルトは床の上に大の字で倒れた男に駆け寄り、コンテナをどかした。男の顔下半分を覆う紫《むらさき》の布を引っぺがす。耳を近づけると、すうすうと呼吸音が聞こえてきて、ボルトは心底安堵《あんど》した。

「うおー！　よかった！」

「この状況の何がどう〝よかった〟なのか説明してみなさいっての!」

天井に空《あ》いた大穴の中から、サラダが顔を出した。

「ワリーワリー。螺旋丸撃ったら、ちょっと強すぎてよ……」

ボルトは床を蹴り、タンと飛び上がって穴から第二層へと上がった。

「ワリーじゃないっつの! あんたの爆発のせいで、敵を追いつめてたのに逃がしちゃったじゃないのよ!」

「しょーがねえじゃん、まさかコンテナが空だなんて思わねえし」

「本っ当、不注意なんだから……」

バチバチィ!

言い合う二人の間を、雷遁《らいとん》が突き抜けた。

サラダとボルトは、素早《すばや》く左右に飛んで、それぞれコンテナの陰に隠れた。

「何人いんだ?」

「四人! 雷《かみなり》放った奴は、ドアの陰よ」

ちらりとアイコンタクトを交《か》わして、ボルトはコンテナの陰から飛び出した。階段の入り口へと突進し、扉を蹴り上げてぶち抜く。飛散した木片に紛れて、雷遁の攻撃がボルトめがけて飛んできた。

ガード！

防御態勢に入ったボルトは、とっさに水遁《すいとん》の壁でガードしてしまった。純水でない限り、水は電気をよく通す。当然のごとく、雷遁は水を突き抜けた。

「……ってえ！」

火傷《やけど》のような痛みが腕に走って、ボルトはよろめいた。雷遁使いの男が距離を詰めてくる。ヤバい、と思った瞬間、男は白目をむいてふらりと倒れた。背後に回ったサラダが、脳天に一撃入れたらしい。

「何やってんのよ、バカ！　水遁は雷を通すに決まってるでしょ⁉」

「分かってるってばさ！」

そう、分かっちゃいるのだ。だけど、サスケが話していた純水の壁のイメージが頭にあって……つい、水遁を使ってしまった。

反省する間もなく、足元で銃弾が跳ねる。めくれ上がった床の木の角度から狙撃者《そげきしゃ》の位置を把握《はあく》して、ボルトは階段口の右側へと回った。

壁の陰に隠れていた男がびくりとして、反射的に引き金を引く。ドン！　狙いが定まることなく発射された弾丸は、ボルトのはるか後方にあるコンテナに穴を空けた。

ボルトは身を低くかがめ、男に突進した。

男が銃口を下げ、ボルトに狙いを定めることに集中する。

その隙《すき》をついて、背後に回りこんでいたサラダが、男の背中を蹴り上げた。

「しゃーんなろー！」

バコン！

男が弓なりにのけぞり、銃口が今度は上を向く。

ボルトは一気に距離を詰め、銃を握った男の手首をねじり上げた。

「ぐぎッ……！」

たまらず銃を離した男の首を、サラダが後ろから抱えこみ、ゆっくりと締《し》め上《あ》げた。

すとんと眠るように落ちた男を床に転がすと、すでに走り出していたボルトを追いかけて横に並ぶ。

「あと二人だな？」

「そのはずよ」

さっきエンジン音が聞こえたから、水上バイクは誰かが使っている。この状況で下層へ逃げようとするバカはいないはずだ。

二人は中央階段を駆け上がり、デッキに出た。

「あいつら、どこ行きやがった……」

デッキに照明の類《たぐい》は備えつけられていないが、至近距離なら十分に見通せる。

中央に進み出たボルトとサラダは、衣擦《きぬず》れの音を聞いて、同時に飛びのいた。

ドン！

直後に、銃撃。しかし、発射元の位置まではつかめない。サラダは即座に、写輪眼を発動させた。

「救命ボートの裏！」

「任《まか》せろ！」

ボルトはチャクラを足の裏に集中させ、真上に飛び上がった。スコープのない銃が最も照準を合わせづらいのは、上下運動をする対象だ。案《あん》の定《じょう》距離を測《はか》り損《そこ》ねてふらついた、ボート裏の銃口を、ボルトは勢いよく踏み抜いた。そのまま狙撃者の顔面を蹴り上げ、脳《のう》震盪《しんとう》を起こして気絶させる。

次の瞬間、右肩に熱い痛みが走った。噴《ふ》き上《あ》がった鮮血を目の端で確認しつつ、左に飛びすさりながら振り返る。ドアの陰に隠れた男が、銃口をまっすぐ自分に向けているのが目に入った。

ボルトは咄嗟《とっさ》に後ろに飛びのいたが、結果的に、その必要はなかった。直後にサラダの放った手裏剣《しゅりけん》が、男が構えたハンドガンのバレルを真っ二つに割ったからだ。

「しゃーんなろー！」

気合の叫びとともに距離を詰めたサラダは、男の顔面に右ストレートをぶちかました。吹っ飛んだ身体が、重ね置きされたゴムボートの上に落ちる。男はそれきり、立ち上がってはこなかった。

今のが四人目。これで、全員、仕留《しと》めたはずだ。

「ボルト、肩の出血……」

サラダは、右肩を負傷したボルトに駆け寄った。

「たいしたことねえってばさ」

「一応、止血しといたほうがいいわ。服破くわよ」

サラダがクナイを見せて言う。たいした傷ではないのは感覚で分かったが、ボルトはうなずいて、上着を脱ごうと腕を動かした。その時。

パチン。

火花が爆《は》ぜるような音とともに、突然、身体が硬直した。

まただ。身体の自由が利《き》かなくなる、この感じ。

ライブの時と同じだ。

まずい、と思った時には、もう支配されていた。腕が、自分の意志とは無関係に持ちあがり、サラダの手からクナイを強引《ごういん》に引ったくった。

「離れろ、サラダ！」

ボルトは喉《のど》の奥から叫び声を絞《しぼ》り出《だ》した。

サラダがとっさに後ろに飛びすさる。

「ボルト!?　どうしたの!?」

「前と同じだ……身体が……」

言葉にできたのは、そこまでだった。顔の筋肉までもが思い通りに動かなくなる。

足が勝手に、地面を蹴った。

自由にならない腕が、クナイを振り回して、サラダに切りかかる。

一撃、二撃。サラダはひらりと身をかわしたが、長くもつとは思えなかった。殺風景な甲板《かんぱん》は、身を隠せる障害物が少ない。逃げるほうに圧倒的不利だ。

「サラダ！　オレの顔面殴《なぐ》って気絶させろ！」

「〰〰それで支配が消えるならいいけどね！　ゾンビみたいに、意識がない状態でも操《あやつ》られ続けるかもしれないわよ！」

ヤケクソ気味に叫ぶと、サラダは「えいっ！」と救命用の浮き輪を蹴り上げた。プラスチック製の浮き輪の側面が、ボルトの顔面にヒットする。顔がしびれ、頭がくらくらしたが、気絶寸前のボルトの意識とは無関係に、身体は俊敏に動き続けていた。

鼻血が垂れたが、自由にならない身体ではぬぐうこともできない。

くっそぉ、どうすりゃいい……。

ボルトは必死に頭を巡《めぐ》らせた。

前に同じ状況に陥《おちい》った時は、サスケが出した純水による水遁で、支配から抜け出した。

同じことを、やるしかない。

おっちゃんがやったみたいに、純水の壁を作ることができれば、状況を打破できるはず。

「誰がどこから操ってんのよ⁉　隠れてないで出てこいっつの！」

サラダが、周囲に視線を巡らせながら叫ぶ。

ボルトは、身体の周囲でチャクラを練ろうと試みた。

しかし、思うようにいかない。依然として、ボルトの身体はコントロールの利かないままだ。

ボルトは、息をつめた。

いったん、自分の状況は忘れよう。サラダのことも、勝手に動く身体も、右肩の痛みもすべて忘れて、自分の頭の中に閉じこもる。脳を満たすのは、冷たい水のイメージ。不純物の混じらない、純粋な水素と酸素の――

自分が握りしめたクナイの太刀筋《たちすじ》が、勢いよく振り下ろされ、深々と甲板に突き刺さった。ささくれた木片が飛び散り、ボルトの頬《ほお》にびしばし刺さる。

乱された意識を整《ととの》え直し、ボルトは改めて、チャクラを練ることに集中しようとした。

心を落ち着け、水のイメージを思い浮かべる。

と、勝手に動く身体が、クナイを横薙《よこな》ぎに振り払った。素晴らしい反射神経でサラダが避《よ》けたため、ボルトは勢いでバランスを崩して床に倒れこみ、受け身も取れずしたたかに顔を打った。痛がるヒマももらえず、すぐに立ち上がらされる。

——集中できねェ……。ていうか、やったこともねえのに、こんな状況で急に純水なんか作れるわけねえってば……。

げんなりしたところで、クナイを握っていない左手が、ボルトの懐《ふところ》をまさぐった。

「サラダ！　手裏剣だ！」

ボルトはとっさに叫んだ。

自分の左手が、探し当てた手裏剣をサラダに向けて放つ。

ヒュッという風切り音。

手裏剣は、猛烈な回転とともに空を駆け、サラダの右肩を裂いた。

「痛ッ！」

真一文字に血がにじみ、サラダが顔をゆがめる。

その隙をつくように、ボルトの足は甲板を蹴った。クナイを構え、サラダに向かってまっすぐに走っていく。

「サラダ、逃げろッ！」

薙ぎ払われたクナイの、鋭い一閃《いっせん》。

間一髪、サラダは真後ろに飛んでかわしたが、切っ先がかすめた髪の一束《ひとたば》がぱらりと落ちた。姿勢を崩したサラダに、クナイを振りかざしたボルトが襲いかかる。

「避けろ、サラダァッ！」

必死の形相で叫ぶボルトの顔を見つめ返し——サラダはうっすらと笑った。

「ボルト、あんたは避けんじゃないわよ」

へ？

きょとんとするボルトの目の前で、サラダは、手首につけた科学忍具のノズルを引いた。飛び出してきた巻物を握りしめ、真上にかざす。

巻物の中から噴き出したのは——水遁だ。

大量の水が、間欠泉《かんけつせん》のごとく湧《わ》き上《あ》がって、辺りに降り注ぐ。

「おわっ!?」

重たい水を頭からかぶり、ボルトはつんのめって、甲板に倒れこんだ。

イテテ……と立ち上がろうとして、身体が自由に動くことに気づく。

ということは、この水は。

「純水よ。パパが作った、ね」

同じくずぶ濡《ぬ》れになっているサラダが、得意げに微笑《ほほえ》んだ。散開間際に、父からもらった科学忍具。その中に入っていたのは、生体電流攻撃の支配から抜け出すための、純水による水遁だったのだ。

ボルトは、勢いをつけて立ち上がった。

濡れた手のひらをまじまじと見つめる。

純水――不純物の混じらない、酸素と水素の結合体。この肌感覚を覚えておこう、と思った。さっきはできなかったけど、次はきっと、同じものを自分の力で生み出せるように。

ボルトは全身を緊張させた。敵は、二人の動きが見える位置から微弱な電流を飛ばして、ボルトの身体を操っていたはずだ。おそらく今も、すぐ近くから二人の様子を見ている可能性が高い。

サラダと背中合わせになって死角を減らし、全方位に注意を払う。じりじりと様子をうかがうが、相手の動きがないまま数分が過ぎた。

……逃げたのか？

臨戦態勢で警戒しつつも、そんな推測が二人の頭をよぎったころ。

カチリ。

歯車がかみ合うような、ごくかすかな物音がした。

はっとして、音のしたほうを見やる。次の瞬間、備えつけのベンチが、爆発を起こした。

四散する木片を避け、ボルトとサラダは飛びすさった。ボルトは右へ、サラダは左へ。

爆発自体は大きなものではなかったが、二人に隙を生み出すには十分だった。

ドン！　ドン！

ボルトの腿《もも》を、銃弾がかすめる。二発目は、脇腹を。

全速で振り向いたボルトは、そこに立っていた人間の顔を見て、表情を失った。

「ごめんね、ボルトくん」

リリィ。

「なんで、お前が……」

ボルトは蒼白《そうはく》になって、声を震わせた。「お前……やっぱり悪《わり》ぃ奴だったのかよ!?」

「『悪い』？　あなたたちにとっては、そうかもね」

リリィの表情はひんやりとしていて、はっきりと、敵意がにじんでいた。構えたハンドガンの銃口は、まっすぐにボルトに向いている。そして、身にまとった紫装束《むらさきしょうぞく》は、彼女が紫月教団の一員であることを否応《いやおう》なく示していた。

状況が信じられず、立《た》ち尽《つ》くすボルトに先んじて、サラダが一歩前に進み出た。

「ボルトはあんたを信じてたのに……もう許さないわよ！」

勇ましく叫び、手裏剣を放つ。

リリィは避けるでもなく、指をそろえた左の手のひらを、すっと身体の前にかざして棒立ちになった。

サラダの手から放たれた手裏剣が、リリィに向かって飛んでいく。

ところが、胸を狙ったはずの直線軌道は、リリィの少し手前で、突然大きくカーブした。不自然なほどの大まわりな弧を描いてたわみ、正面に構えたリリィの左手のひらに突き刺さる。

「……え!?」

動揺しつつ、サラダは続けざまに、三度、手裏剣を投げた。

しかし、結果は同じだ。手裏剣は途中で大きくカーブして、吸いこまれるように、リリィの左手に向かっていく。

「急所を狙えない……？」

サラダがつぶやいて、眉《まゆ》をひそめる。

リリィが構えた手のひらの周囲で、ぱちぱちとプラズマが爆ぜた。どうやら、手の表面に電気をまとっているようだ。——ということは。

「あいつ……もしかして左手に電流を集中させて、磁場を作ってやがるのか……」

ボルトが、呆然《ぼうぜん》とつぶやく。

電流を利用して左手に磁場を作り、その磁力で金属の手裏剣やクナイを引き寄せることで、急所へのヒットを避けているのだとしたら——手裏剣を使った遠距離攻撃では、大きなダメージを与えることができないことになる。まさに捨て身の戦法だ。

「じゃあ、接近戦だってばさ！」

ボルトは、リリィに向かって勢いよく飛び出した。

リリィは、手のひらに刺さった手裏剣を四つまとめて引き抜くと、ボルトに向けて放った。死角を含む四方向から、手裏剣がボルトへと迫る。

全部避けるのは無理か……！

いくつか刺さるのを覚悟で、ボルトは急所を守って姿勢をかがめた。

と同時に、カキン、カキンと小気味のいい音がして、手裏剣が弾け飛ぶ。サラダが援護射撃で撃ち落としてくれたのだ、と気づいたときには、リリィの身体はもう目前に迫っていた。

「……っ！」

リリィが至近距離で構えた銃口を、ボルトはむんずとつかんで上に向けた。

ドン！　ドン！

発砲の衝撃が、ビリビリと指の骨を震わせる。真上に向かって発射された銃弾が、空に消えていく。

このままハンドガンを引ったくろうと、ボルトは腕を思いきり引いた。

その流れに逆らわず、リリィがぱっと手を放す。

バランスを崩したボルトの身体が、大きく泳ぐ。

「おわッ⁉」

その隙をつくように、リリィは片腕を突き出して、ボルトのアゴを押さえつけた。爪の伸びた親指を、ボルトの口の中に無理やりねじこむ。

――まずい！

口内に押し入ってきたリリィの指を、ボルトはガブリと思いきり噛《か》みしめた。しかしリリィはひるむどころか、小さく微笑《ほほえ》んでみせた。

「あなたの身体が純水に覆われているのなら……中から電流を流せばいいのよね」

瞬間、焼けつくような猛烈な痺《しび》れが、ボルトの全身をかけめぐった。

「がッ……！」

目の奥で火花が散り、身体が激しく反《そ》り返《かえ》る。全身の筋肉が痙攣《けいれん》し、内臓がひっくり返りそうに揺れた。

頭の中が真っ白になる。ボルトは、ぼやけそうになる意識を、必死にたぐりよせた。今ここで気絶して、二対一の優位性を失うわけにはいかない。

忍《しのび》が戦闘でアイドルに負けるわけには、いかねえだろ……！

震える右手を根性で持ち上げ、リリィの手首をつかんだ。

左手で、チャクラを練り上げる。

螺旋丸《らせんがん》——しかし、手のひらの筋肉が、がくがくとわななないていて、とても手加減できそうになかった。フル出力の螺旋丸をこの至近距離から当てて、リリィが無事に済むはずがない。

「……ぐっ……」

背骨がきしんで、痛いほどに反り返り、ボルトはうめき声を漏らした。

躊躇している時間はない。やるしかねえのか——

ボルトが、螺旋丸をぶつけようとした、その刹那《せつな》。

「しゃーんなろ―――!!」

凛々《りり》しい叫び声とともに、リリィの脇腹に、サラダの膝蹴りがめりこんだ。

リリィの指が、ボルトの口からすっぽぬける。アイドルの華奢《きゃしゃ》な身体はひとたまりもなく吹っ飛び、甲板の上をもんどりうった。

電撃から解放され、ボルトは甲板に膝をついた。

「ハー、ハー、ハー……」

荒い息をつき、汗をぬぐう。

練り上げていた螺旋丸が、シュウゥ……と音を立てて消えていく。

「ボルト、大丈夫!?」

「あぁ、動けるってばさ……」

サラダのやつ、容赦《ようしゃ》ねえ……女同士だと遠慮がねえな。

ほっとしたのも束の間。

立ち上がったボルトの上着の胸の部分が、突然、ふわりと膨《ふく》らんだ。

「……え?」

懐に入れていたクナイが、上着の布地を突き破って飛んでいく。

「マズい!」

ボルトは手を伸ばしたが、指先はむなしくクナイをかすめた。

クナイが引き寄せられていく先では、リリィが左手をまっすぐに構えていた。すでに血まみれのその左手に、クナイが浅く突き刺さる。リリィは小さく笑うと、クナイを勢いよく引きぬいた。

切っ先を向けたのは——ボルトたちではなく、自分の喉元。

捕まるくらいなら、自殺する。それは、ほかの紫月教団員たちとも共通する行動だ。

「リリィ！　やめろ！」

ボルトは、リリィに飛びかかった。

だめだ、間に合わねえ……！

次の瞬間、リリィの背後で、黒マントがひるがえった。

鋭い手刀がトンとリリィの手首を叩《たた》き、手の中からクナイが零《こぼ》れ落《お》ちる。サスケは落ちたクナイを蹴り飛ばして、海の中へ落とすと、低い声でささやいた。

「軟禁を抜けたか」

リリィの身体が硬直する。

サスケの口調はごく普通だったが、背筋をぞくりと震わせるような凄《すご》みがあった。

ボルトとサラダを相手にしている間はかろうじて拮抗《きっこう》に持ちこんでいた戦力差が、サスケの登場によって今や埋めようもないほど圧倒的になっている。

それでもリリィは気丈《きじょう》に振り返り、キッとサスケをにらみつけた。

「あなたたちの生《い》け捕《ど》りになるくらいなら、死んだほうがマシよ」

口では挑発的なことを言うものの、リリィがもはや自殺の術《すべ》すらないことは明らかだった。武器はすでに尽きているうえに、あのうちはサスケに拘束《こうそく》されていては、勝機はない。

「リリィ……」

ボルトは声を震わせた。「なんでだってばさ……」

リリィは何も言わず、顔をゆがめて、うつむいている。ボルトはぎゅっと手のひらを握りしめ、くやしさをこらえた。

アイドルのこといろいろ教えてくれて、すげえ奴だなって思ったのに……あれも全部演技だったのかよ!?

やりきれない思いがこみあげる。

その時、船首のほうで、物音がした。

はっと顔を向けると、ゴムボートの上でのびていたはずの男が、いつの間にやら意識を回復させ、こちらに向かって割れたハンドガンを構えている。

「あ、あいつッ……起きやがったか!」

ボルトは男に飛びかかった。不意打ちの狙撃に失敗した男は、もはや勝機はないことを悟《さと》ったのか、銃を投げ捨て船べりの上によじ登った。

そのまま両手を広げ、後ろ向きに海へと落ちていく。

「なっ……また自殺かよ!?」

「行くな！　ボルト！」

駆け寄ろうとするボルトの肩を、サスケがつかんで押しとどめた直後。

ドォォォォン！

すさまじい水柱が上がり、船が大きく揺れた。

「自爆!?　あいつ、爆弾持ってたの!?」

「いや、おそらく海中で雷遁をフル出力したんだ」

問題は、男が爆発を引き起こしたのが、船の真横だったことだ。

船は構造上、横からの力に弱い。巨大な船体に、縦一文字《たていちもんじ》の大きな亀裂《きれつ》が入った。高波に揺られて左右に傾《かし》ぐ船の重みが、亀裂が広がるのを手伝う。

バキバキとすさまじい音を立てながら、船は見る間に真っ二つになっていった。

「沈んじゃう！」

悲鳴をあげたサラダに、サスケが冷静に言う。

「慌てるな。この程度の船、海を凍《こお》らせれば沈まん」

「はぁ!?　パパってそんなことまでできんの!?」

その時、ボルトの目の前を、赤い影が駆け抜けた。

はっと気づいた時には、もう、手が届かない位置にいる。リリィは躊躇なく、崩壊していく甲板の裂け目に飛びこんだ。

「リリィ！」

考えるよりも先に、身体が動いていた。

ボルトは、ぐちゃぐちゃに壊れていく船の内側へと、リリィを追いかけて飛びこんでいた。

五章

SASUKE SHINDEN

紫月教団《しげつきようだん》のために死んだら天国に行ける、って先生は言ってた。

私はどうだろう。

ずっとずっと、紫月教団のことだけを考えて、生きてきた。先生や同胞《どうほう》たちには裏切り者と恨《うら》まれたけど、でも私は、私なりに考えて最善の行動をしてきたつもりだ。

神様は分かってくれるのかな。それとも、先生みたいに、私のことを地獄に落とすだろうか。

どっちでもいいや。どうせ、もうじき、分かる。


——と思ったのに。

目を覚ましたリリィは、薄暗い視界を横切る斜《なな》めの水面を見て、自分がいるのが天国でも地獄でもないことを悟《さと》った。斜めになっているのは水面ではなく自分の身体《からだ》だ。どうやら自分が今寝ているのは、床ではなく壁の上らしい。斜め右上、手を伸ばせばすぐのところに、蛍光灯《けいこうとう》の割れた天井が見えた。

全《まった》く、悪運が強いにもほどがある。

真っ二つに割れて沈没していく船の中に飛びこんだっていうのに、何がどうして生き延びてしまったんだろう。

「起きたか?」

「わっ!」

背後で聞こえた声に、リリィは思わず跳《と》びはねた。振り返ると、屈託《くったく》のない青色の瞳《ひとみ》が、こちらを見つめている。

うずまきボルト。

何度もだまして、利用しようとした相手だ。

「……あんたが、助けてくれたの?」

「そーだよ」

ボルトはけろりと答えた。「あんま動くなよ。なんの弾《はず》みでどこが崩《くず》れるかわかんねえから」

リリィはぐるりと辺《あた》りを見回した。どうやら、二人は今、傾いた船室の上部にできた、エアポケットの中にいるようだ。

「さっきから海面が動かねえから、これ以上沈むことはねえんじゃねえかな。ま、待ってりゃ、サスケのおっちゃんが助けてくれるって」

「信用してるのね」

「まぁ。師匠《ししょう》だし」

会話はそこで途切れた。

リリィは、海面と壁との間の狭いスペースに膝《ひざ》を折って座り、ぷかぷかと浮いているコンテナの残骸《ざんがい》や木片をなんとなく眺《なが》めた。

隣のボルトは、無関心を装《よそお》いつつも、常《つね》にリリィの一挙手一投足に気を配っている。

……この子はどうして、私のことを助けたんだろう。

「なあ、なんで紫月教団っていうんだ?」

脈絡《みゃくらく》もなく、突然ボルトが聞いた。

「え?」

「だって、月は普通、金色じゃねえか。それなのに、なんで紫月なんだよ?」

「そう見えるのよ」

リリィは前を向いたまま答えた。「私が育った島周辺の海域は、秋になるとプランクトンが一斉《いっせい》に増殖《ぞうしょく》して、海が赤っぽくなるの。その時期になると、海面に映る月が紫《むらさき》がかって見える。紫色の満月が、白波をまとって海面をたゆたう姿はとても美しく……私たちの祖先は、そこに神の存在を見出《みいだ》した。それが、紫月教団の始まり」

話す義理などないのに、故郷《こきょう》のことを聞かれると嬉《うれ》しくて、ついつぶさに説明しすぎてしまった。

後悔《こうかい》するリリィの胸中など知らないボルトは、「へーそうなんだー」などと無邪気《むじゃき》に感心している。

「そっか。お前ら、夜の空が好きなんだな」

「え？」

「そのピアスの穴も、星座みてえだし」

「…………」

リリィは黙って、手のひらを上にして海面に手を差し入れた。下から水面を揺らすようにして、ゆらゆらと左右に動かす。

リリィの指先の皮膚《ひふ》は、まるで火傷痕《やけどあと》のように引きつれて、螺旋《らせん》状に盛り上がっていた。

その皮膚の形状に、ボルトは見覚えがあった。人体が通電した際に発生する熱によって、こういった電流痕《でんりゅうこん》が現れると、本で読んだことがある。名前は確か——

「雷紋《らいもん》……」

ボルトが思わずつぶやくと、リリィはちらりと目線をよこして、それから小さくうなずいた。

「そうよ。もうバレてるでしょうけど、生体電流で他人の身体を操《あやつ》るのが、私の得意技《とくいわざ》よ。軟禁もそうやって抜け出してきたわ。この雷紋は、その修業中にできたの」

「あの能力、血継限界《けつけいげんかい》じゃなかったのか」

「独習よ」

リリィは海面から手のひらを出すと、ひらひらと振って水滴を飛ばしながら続けた。

「この術を習得するためには、実際に人間に電流を流して練習する必要がある。毎日毎日、私は先生の身体に電流を流し続けたわ。――九歳から練習を始めて、ようやく会得《えとく》できた時、私は十四歳になってた」

「その、先生って」

「父よ。紫月教団のトップにして、私の先生」

当時のことを思い返すと、今でも身体の芯《しん》が、ずっしりと重くなる。

無茶苦茶な修業だった。

実の父親の身体に電流を流すことを、幼いリリィは泣いていやがった。先生はそんなリリィを、涙も出なくなるまで何度も殴《なぐ》り、修業を強要した。娘の成長のために、喜んで自分の身体を差し出す人だった。

五年に及んだ修業は、地獄のような日々だった。未熟なリリィはなかなか雷遁《らいとん》を制御できず、強電流を流して先生の心臓を止めてしまったことさえあったが、それすら先生は喜んでいた。

お前には雷遁の才能がある、それは紫月教団に役立てるため神に持たされた才能だ——と、そう話す先生の笑顔は屈託がなく、無邪気ですらあった。

あのころもうすでに、先生は隣国への攻撃をたくらんでいたのだろう、と思う。とっくに正気じゃなかったのかもしれない。それとも——もしかして、私が先生に流し続けた雷遁が、彼をおかしくしてしまったのだろうか。

「生体電流操作を会得した私は、木ノ葉隠《こ　は　がく》れの里に送りこまれることになったわ。そこで、先生と決裂した。私は、まずは里になじんで社会的地位を得る作戦をとるべきだと主張した。漫画家とか女優とか、アイドルとか。まずはそういう、みんなが耳を傾けてくれる存在になって、それから紫月教団について知ってもらうのがいいってね。だけど先生は」

リリィは声のトーンを落とした。「時間のかかる方法を望まなかった。先生が火《ひ》の国に送りこみたかったのは、時間をかけて社会を説得する布教者ではなく、手っ取り早く被害をもたらすスパイだったの。私たちは何度も口論して、そして……最終的に、私はひとり、島から逃げた」

「それで、木ノ葉に来て、アイドルになったってわけか。じゃあ、あの雷車《らいしゃ》での爆破事件は……」

「そ。私が乗ってたから、狙《ねら》われたのよ。先生自《みずか》ら精鋭部隊を率《ひき》いてね。でも、結果的に、あの事故で私は死なず、代わりに先生が死んだ」

「死んだ？」

ボルトは眉《まゆ》をひそめた。

「あなたの師匠たちと戦闘になって、仲間の技《わざ》に巻きこまれたの」

あの時、紫月教団員によって車外に放り出されたリリィは、サスケに助けられ、そして天井で串刺《くしざ》しになった死体を目にした。鋼《はがね》の柱に身体を貫《つらぬ》かれて死んでいた、よだれかけの男——まぎれもなく、リリィの「先生」だった。

「彼らが再《ふたた》び私を狙ってくることは分かってたから、利用しようと思ったの。それで、あなたたちにボディガードを依頼したのよ」

「……オレたちならしくじると思ったから？」

「違うわ。あなたが火影《ほかげ》の息子《むすこ》だったから」

ボルトが不思議そうな顔になる。

「あなたを操って、観客の目の前で替え玉になっていたことをバラすつもりだった。火影の息子が大人気のアイドルのライブをめちゃくちゃにしたとなれば、世間のバッシングはまぬかれないでしょう。里を守る忍者にバッシングの矛先《ほこさき》を向けさせることは、無差別に民間人を殺すより、繁栄の象徴である火の国の国力低下につながると思ったのよ」

「それが、そもそもの目的だったのか」

「ライブでは失敗したから、今度こそ破滅させてやろうと思って船まで追ってきた。あなたたちが最初に写輪眼《しやりんがん》で船の中を探るだろうことは分かってたから……しばらくは船の外に貼《は》りついて、あなたたちが動き出したのを見計《みはか》らってから、船の中に入ったの」

「そんでまた、オレを操った」

リリィは肩をすくめて、うなずいた。

はぁ、とため息をついたボルトは、呆《あき》れたようにリリィを見やって、ボヤいた。

「そんな卑怯《ひきよう》な手段で、木ノ葉をつぶせると、お前ら本気で思ってんのかよ。他人を攻撃するエネルギーがあんなら、自分たちを発展させることに使えよな」

「正論ね」

リリィは、目を伏《ふ》せた。「だけどね、人は感情で動くのよ。私だって、自分が正義だなんて思ってない。だけど、故郷への忠誠心《ちゆうせいしん》は、私が先生から受《う》け継《つ》いだ唯一《ゆいいつ》のもので、結局最後まで捨てることはできなかった」

「その『先生』に、殺されかけてもか?」

「ええ」

うなずくと、リリィはふっと力を抜いて、背中を壁に預《あず》けた。後ろめたい告白をしているせいか、さっきからなんだか息苦しい気がする。それでもリリィは、浅い呼吸を挟《はさ》みながら、自分の実感をボルトに語り続けた。

「教育は大切だわ。猿《さる》同然で生まれてくる私たちが豊かで文化的な生活を送れるのは、教育されることで、祖先たちが積み上げてきた知の集積を受け取れるから。……私たちは良くも悪くも、親や社会から受けてきた教育から逃《のが》れられない」

「――教団にそうしろって言われたら、仲間を殺せんのか?」

リリィは「もちろん」と即答した。

「死ぬほうも、光栄に思ってるわよ。紫月教団の教えを広めるための戦いで死んだら、天国に行けるから」

「よく分かんねえ……」

途中からリリィの話を薄気味悪そうに聞いていたボルトは、「だけど、なんか……」と言葉を探しながら、ゆっくりと続けた。「なんつーか……自分が生きたり死んだりするのを、教団に託《たく》すのは、なんか……ずりーよ」

ずるい？　とリリィが不思議そうに首を傾《かし》げる。

ボルトは語りあぐねながら、訥々《とつとつ》と続けた。

「忍《しのび》も、時代とともに変わってるんだってよ。オレの父ちゃんとか校長先生とか、みんなそう言う。最近の、敵をなるべく殺さずに拘束《こうそく》する方針とか、昔じゃ考えられなかったって。だけど時代が平和になって余裕が出てきて、そういうこともできるようになったって。忍も、時代に合わせて、変わってるんだって。……オレが生まれる前の話だから、よく知らねえけど」

ボルトは顔を上げた。父譲《ゆず》りの、父よりもっと明るい色の瞳が、まっすぐにリリィをとらえる。

「そうやって、古いもんと新しいもんを混《ま》ぜながら、受け入れられるように適合してったものだけが残ってくんじゃねえのかな。……分かんねえけど」

「私には」

リリィは浅く息を吸った。「その考えは、とても受け入れがたいわ。数百年も受け継がれてきた教義を守ることが使命だと、教えこまれて育ってきたから」

「……そう思う気持ちも、ちょっと分かるよ」

暗い水面を見つめながら、ボルトがぽつりと言った。

「オレも、科学なんて大っ嫌いだったんだ。絶対に好きになんてなれねぇって思ってた。だけど、サスケのおっちゃんにいろいろ教えてもらって、なんか、そんなに悪いもんでもねえのかもって思えるようになってきたんだよ。……まだ、受け入れらんねえことも多いけど。だから……」

「なに？　あなたが変われたから、私も変われるって言いたいの？」

「そう、いう、わけじゃねえけど……」

ボルトは言葉を濁《にご》した。

科学は嫌いだ。その気持ちに変わりはない。だけど、それでも、歩《あゆ》み寄《よ》ることはしなければいけないのかもしれない――そんなふうに思えるようになったのは、サスケが第七班の師匠になってからだ。

「――教育の差ね」

リリィが、どこかうらやむようにボルトを見て言う。「私も、あなたみたいに、自由な考えを持ってみたかった。だけど、もう遅いのよ」

すうっと、深く息を吸う。

「私はもう変われない。でもそうね、私の次の世代が、きっと、適応するわ。……そう、信じたい」

その時、コンコンと、誰かが天井の裏側をノックした。

「ボルト？　そこにいる？」

ミツキの声だ。

ボルトはほっとして、天井のほうへにじり寄った。

「ミツキ！　いるぜ！」

「無事みたいだね。リリィは？」

「……いるわよ」

リリィがぎこちなく返事を返す。

「よかった。二人とも、よく聞いて」

天井ごしのミツキの声が、早口になる。「この船は今、サスケさんの氷遁《ひょうとん》で周囲を凍《こお》らせて、沈没を防いでる状態なんだ。でも、燃料タンクに大穴が空《あ》いてるみたいで。このまだと海にオイルが流れ出てしまう恐れがあるんだって」

「マジかよ!?」

「それとね、もうすぐこの船、空飛ぶから。船が飛んで十秒経《た》ったら、真下に向かって螺《ら》旋丸撃《せんがん》って脱出してくれる？」

ボルトとリリィは、思わず状況を忘れて顔を見合わせた。

なんだって？　船が飛ぶ？

✖✖✖✖✖

「すっごい……ほんとに凍っちゃってる……」

サラダは、立《た》ち上《のぼ》ってくる冷気に、ぶるりと背筋《せすじ》を震わせた。巨大な氷の塊《かたまり》が、船の周囲をぐるりと包みこむようにして、海に浮いている。船べりから身を乗り出して見下ろすと、まるで巨大な氷山の上に乗り上げてしまったかのような錯覚を覚えた。

「塩分を含む水って、凍りにくいんじゃなかった？」

甲板《かんぱん》に立つ父親のほうを振り返って聞くと、サスケは「よく知ってるな」と感心したように言った。

「海水を凍らせたわけじゃない。水遁《すいとん》でまず真水を出してから、その水を氷に変化させている」

「水を氷に変化させるって……どうやって？」

「……イメージの問題だな。水の分子がそれぞれ連結して揺れているような状態が『水』だ。そして、分子同士がより強く結びつけば、それは『氷』になる」

サスケはそう言って、手のひらを上に向けた。指の間から、泉のように水があふれ出して、零《こぼ》れ落《お》ちる。かと思えば、一瞬のうちにぱきんと凍りついてしまった。

「逆に、分子同士が各々《おのおの》分離して動き始めれば、それは『水蒸気』だ」

サスケの言葉に呼応するように、凍っていた水が、突然とろりと溶《と》け出《だ》した。あっという間に水になり、みるみるうちに水滴ひとつ残さず蒸発してしまう。

「消えた……」

「水遁の応用技だ。以前会った白《ハク》という男は、風と水の性質変化を同時に用《もち》いて氷を発生させていたが、あれは血継限界を持つ一族にのみ可能な、特別な技だった。しかし、血継限界がなくとも、この程度なら訓練次第《しだい》で可能だ」

「なるほどね。今の説明は、パパにしては、けっこー分かりやすかったよ」

軽口を叩《たた》くサラダに応《こた》えるように、サスケは小さく微笑した。

「そろそろ始めるぞ」

はーい、と返事をして、サラダは船首へと走っていた。船首の先には、巨大な錨《いかり》が吊《つ》り下《さ》げられている。

「持てるか？」

無理するなよ、と言いかけて、サスケはふっと表情をゆるめた。両手で錨を持ち上げるサラダの姿が、目に入ったからだ。

「これくらい、余裕よ」

「母親譲りだな」

どこかまぶしそうに目を細めて言ったサスケに、サラダは誇《ほこ》らしげな笑顔を向けてみせる。とはいえ重たそうに錨を抱《かか》え上《あ》げると、よいしょ、と肩の上にかついだ。

錨は先端に鎖《くさり》がついていて、船首と結ばれている。鎖と金具は、サスケの氷遁で凍らせることで、強化されている。

「パパ、どの辺に向かって投げたらいいの？」

「好きなところに投げろ。オレが合わせる」

心強すぎる言葉をたのもしく感じつつ、サラダは錨を抱え直した。

父娘《おやこ》で挑《いど》む、電磁誘導投擲《ローレンツガン》。ただし、飛ばすのは、クナイではなく船の錨だ。錨を船ごと電磁誘導投擲《ローレンツガン》で飛ばして運び、上空で爆発させて処理する算段。超高温の炎で一気に燃《も》やし尽《つ》くしてしまえば、灰がわずかに海面に降《ふ》り注《そそ》ぐ程度の被害で済《す》むだろう。海中でオイルが漏《も》れ出《だ》すよりよほどマシだ。

サスケはふと、ぐちゃぐちゃになった甲板のほうを振り返った。氷漬《こおりづ》けになった船のどこかに、自ら甲板の裂《さ》け目《め》に飛びこんだ大バカ女と、自分の命も顧《かえり》みずにあとを追ったウスラトンカチがいるはず。なんとしてでも助け出し、無茶をするなとひとこと言ってやらねばなるまい。――師匠として。

船首の柵《さく》の上に立ったサラダは、両手で錨を抱え、肩の上まで持ち上げた。

「行くよ、パパ！」

「いつでも」

ぐっと腰を沈め、すうっと息を吸うと、サラダは錨を思いきりぶん投げた。

「っしゃーんなろ――っ！」

鋼鉄の錨が、鎖を引きながら、まっすぐに飛んでいく。

その軌道《きどう》の先めがけて、サスケはかざした手のひらの先から、二筋の電流を放《はな》った。

バチバチと弾《はじ》けながら飛んでいった電流が直撃した瞬間、錨は目にもとまらぬ速さで吹き飛んだ。錨の先に結ばれた鎖が、猛烈な勢《いきお》いで伸びていき、ピンと張《は》り詰《つ》める。船の周《まわ》りを固める氷群が、ミシミシと音を立ててきしんだ。

そして、次の刹那《せつな》――氷が砕け散り、船体が、ふわりと浮き上がった。

空がみるみる近くなっていく。身体にかかる重力が増《ま》し、よろけたサラダの身体を、サスケが片腕で支《ささ》えた。

巨大な船が、吹っ飛ぶ錨に引きずられるようにして、空を滑《すべ》っていく。

✖✖✖✖✖

ふわりと、胃の浮くような感覚がしたと思ったら、今度はすさまじい重力。

ボルトは片腕にリリィを抱え、天井と壁に刺したクナイを足場にしながら、ミツキに言われた通りに十秒を数えていた。片手にチャクラを集中させて、螺旋丸の準備をするのも忘れない。

「6……7……8……」

ただでさえ崩壊《ほうかい》寸前だった船は、自重《じじゅう》とスピードに耐えきれず、ミシミシとあちこちがきしんでいる。壊れるのはいよいよ時間の問題だ。

「9……」

10！

ボルトは、チャクラを乱気流状に練《ね》り上《あ》げると、真下に向かって全力でぶつけた。

――螺旋丸ッ!!

鼓膜《こまく》をつんざく轟音《ごうおん》とともに、船の下半分が弾けとぶ。小脇《こわき》に抱えたリリィが悲鳴をあげている気がするが、何も聞こえない。粉々になった船の破片が、四散して墜落《ついらく》していく。

そして、ボルトたちも。

視界のはるか真下には、黒々とした海が広がっている。

ボルトはリリィを抱えて落下しながら、海面の様子《ようす》を観察した。

離れたところに、氷棚《こおりだな》のようなものがあった。飛び立った船の出発点は、あそこだったのだろう。

氷から伸びた細い氷の橋の上で、ミツキらしき人影が、のんきにこちらに向かって手を振っていた。隣には、船に乗っていた紫装束《しょうぞく》の男たちが、ひとまとめに縛《しば》られている。

凍っている場所を避《よ》け、なおかつ着水の直前に海面に向けて風遁《ふうとん》を放ってクッションにできれば、無傷で済むだろう。問題は、自分ひとりだけではなく、リリィの身体も一緒にガードしなければいけない点だ。

ボルトの風遁で綻《ほころ》びなく勢いを殺せるかどうかは、賭《か》けだ。――しかし。

「やるしかないってばさ……」

ボルトが腹をくくったその時、突如《とつじょ》、上空で爆炎があがった。

はっと視線を向ければ、月にも届かん勢いで爆進していた船が、炎上している。黒々と燃えあがるのは、全《すべ》てを燃やし尽くすまで消えない炎。サスケの、炎遁《えんとん》・加具土命《カグツチ》だ。

炎上する船から飛び出した二つの人影がサスケとサラダであることは、確認するまでもなかった。

サスケはサラダを右脇に抱えたまま、チャクラで空気抵抗を調整しながらボルトに追いつくという離《はな》れ業《わざ》を披露《ひろう》してみせた。ボルトの隣に並んだところで、ぽいとサラダを放り出し、右腕をボルトのほうに差し出す。

「ボルト、リリィを渡せ」

一瞬、躊躇《ちゅうちょ》するような表情を見せたボルトに、サスケは小さく笑って「心配するな、悪いようにはしない」と、付《つ》け足《た》した。

「……ほんとかよ」

「なんだ。師匠の言葉を信じないのか?」

「その言い方は……」

ずりーよ、とつぶやいて、ボルトはリリィをサスケにパスした。リリィは恐怖のあまりか、いつの間にか気を失っている。

「パパ、そろそろ海面だよ!」

サラダが叫ぶ。着水の衝撃を和《やわ》らげるべく、三人は海に向けて風遁を放った。放たれた突風が、海面を大きくへこませる。

そして——大きな水飛沫《みずしぶき》が一つ。小さな水飛沫が二つ。
仲良く同時に、ぼちゃんと立ち上がったのだった。

エピローグ

SASUKE SHINDEN

ボルトたちは、新市街の交差点で、大型ビジョンを見上げていた。

「……では、ライブを中断したサスケさんの判断は、正しかったと？」

「木《こ》ノ葉《は》の人々にとっては、そうでしょう。あの時、過激派たちはライブ会場で戦闘行為をする気でしたから。あのままライブを続けていたら、死傷者が出ていたことは間違いなかったはずです」

「リリィさんも、その一味の仲間だったということですよね？」

「昔はそうでした。意見の違いから脱退しましたが、それ以降も、私は火影《ほかげ》を恨《うら》み続け、いつかその権威を失墜《しっつい》させてやろうとたくらんでいました」

「アイドルになったのも、それが理由ですか？」

「ええ。その通りです」

交差点を見下ろす大型ビジョンでインタビューを受けているのは、姫野《ひめの》リリィだった。

著名人とはいえ、重大な罪を犯した者が、生中継《なま》のインタビューを許可されるのは、きわめて異例の措置《そち》だ。

「マジかよリリィ、犯罪者だったのかよ最低だな。オレちょっと応援してたのに」

「てかー、私、最初からサスケはいい奴《やつ》だと思ってたし。あんなにイケおじなのに、悪い奴なわけないいし」

「あたしも〜。だって、ちょーかっこいいし、しかもめっちゃ強いんでしょ？」

「僕は、リリィのこと信じてるけどね。これは忍《しのび》の陰謀《いんぼう》で、リリィは利用されてるだけなんだ！」

通りすがる人々が口にする感想の十人十色《じゅうにんといろ》ぶりに、ボルトは思わず苦笑《にがわら》いした。

今回のインタビューは、リリィからの嘆願《たんがん》によって実現したものだという。公《おおやけ》の場で、今回の事件に対する世論の誤解を解きたい——という申し出に、そもそもの騒動を引き起こした張本人が一体どういう風の吹き回しかと、忍たちはみな首を傾《かし》げた。

リリィのように影響力のある人間に、生放送でめったなことを口にされても困るし、犯罪者をテレビに映すのも差しさわりがあろう。という慎重《しんちょう》な判断のもと、上層部はリリィの申し出をもちろん却下《きゃっか》したのだが、まさかの火影がトップダウンで許可を出して上層部の決定を覆《くつがえ》してしまい、今回の生出演が実現するに至《いた》ったのだった。

「リリィ、なんだか、前より余裕があるね」

サラダの言葉に、ボルトもうなずいた。

「なんか、すっきりした顔してるってばさ」

ソファに座ってインタビューを受けるリリィは、フリルとリボンたっぷりのワンピースではなく、シンプルな生成《きな》り色《いろ》のシャツとジーンズ姿。髪型は地毛のショートカットで、耳に並んだピアス穴も隠していない。アイドル・姫野リリィとはずいぶん印象が違い、こざっぱりとして感じられた。

「……計画が失敗したのは、木ノ葉の忍たちの妨害にあったからです。絶望して、死のうとしていた私を救ってくれたのも、また忍たちでした。彼らに感謝の気持ちを伝えたかったのと……世間の人たちの、サスケさんに対する誤解を解きたかったのが、このインタビューを申し出た理由です」

今回の事件の首謀者《しゅぼうしゃ》が紫月教団《しげつきょうだん》に出自《しゅつじ》を持つことは、報道されていない。これも、火影のはからいだ。

火影としては、紫月教団というコミュニティそのものを否定するつもりはなく、むしろ相互理解を深めていきたいと考えているようだった。紫月教団員がこれからも信仰を守っていくためには、排他的な教義を崩《くず》し、外界との折り合いをつけ変化していかなければならない。その橋渡しになることを、火影はリリィに望んでいるのだろう。実際、過激派の残党の逮捕には、リリィの証言が大きく役に立った。

「紫月島《しげつじま》の人たちは、案外あっさり、今回の事件を受け止めてるみたいだよ」

大型ビジョンを見上げながら、ミツキが言った。「今回のことは、本当に、一部の過激派が暴走しただけで……全《すべ》ての紫月教団員が、火の国を恨《うら》んでるわけじゃないみたいだ」

「なんとか共存していけたらいいけど……火影と水影《みずかげ》の采配《さいはい》に、期待ね」

そう言ったサラダは、ふと腕時計に目をやって、「あっ、やばい！」と声をあげた。

「そろそろ行かないと、木《こ》ノ葉《は》丸《まる》先生出ちゃう！」

「やっべェ、早く行こうぜ！」

真っ先に駆け出したボルトの背中を、サラダとミツキが追いかけた。

✖✖✖✖

木ノ葉丸は、もはや松葉杖《まつばづえ》の要《い》らなくなった自分の足で立ち、窓から中庭を見下ろしていた。マグカップから湯気を立てているのは、いつもより気合を入れてじっくりと淹《い》れたブラックコーヒー。挽《ひ》きたての豆の香《こう》ばしい香りと、身体《からだ》に染《し》みる深い苦《にが》みを味わいながら、木ノ葉丸は自《みずか》らの完全復活を祝っていた。

窓から抜けるそよ風が、優しく頬《ほお》を撫《な》でる。

静寂《せいじゃく》に満ちた、心地の良い大人《おとな》の時間――を盛大にぶち壊して飛びこんできたのは、いつもの愛弟子《まなでし》たちだ。

「こーのーはーまーるー先っ生ェ――――っ!!　お見舞いだってばさ――!!」

「遅いわバカタレ。今日で退院だ」

相変《あいか》わらず、うるさい奴め。

呆《あき》れ顔で振り返ると、木ノ葉丸はマグカップをサイドテーブルの上にトンと置いた。

「知ってますよー、だから来たんです」

ボルトに続いて部屋に入ってきたサラダが、見覚えのある紙袋を顔の高さまで持ち上げて微笑《ほほえ》む。「今度こそ、苺大福《いちごだいふく》食べてもらおうと思って」

「退院祝いですよ」

後ろ手にドアを閉めながら、ミツキが付《つ》け加《くわ》える。

苺大福、と聞いて、木ノ葉丸の表情がかすかに揺らいだ。

「そ……そうか。まぁ、せっかく来たんだし、座ってゆっくりしてけコレ……」

勧《すす》められる前からすでに腰かけている三人は、いそいそと苺大福の箱を開けた。甘酸《あまず》っぱい香りが、部屋中にふんわりと広がる。なまじ買いすぎると、あるだけ食べてしまうので、今日は人数分しか買っていない。

「いっただっきまーす！」

ボルトたちはさっそく、苺大福をひとつずつ手に取って、ほおばった。

幸せそうな弟子たちの様子《ようす》を微笑ましく見守りつつ、木ノ葉丸も、最後にひとつ残った苺大福に手を伸ばす。その時――

コン、コン。

乾いたノックの音がした。

「どうぞ～」

ボルトが勝手に返事をする。ドアの陰《かげ》から姿を見せたのは、サスケだ。

思いがけない来客の登場に、木ノ葉丸の背筋《せすじ》がピンと伸びた。

「今日で退院すると聞いてな。発《た》つ前に、様子を見に来た」

「おかげさまで！　明日《あした》から早々に、任務復帰ですコレ！」

「そうか」

「サスケのおっちゃん、苺大福食うか!?」

ボルトがちゅうちょなく、最後に残った苺大福を差し出したので、木ノ葉丸は危《あや》うく叫びそうになった。

ボルト……それはオレの苺大福……！

「いや、遠慮しておこう。甘いものは苦手《にがて》でな」

サスケが首を振る。サラダが「納豆《なっとう》もね」と、付け加えた。

「そっかー。残念だな……じゃあこれは、オレが食べるか」

そう言うが早いか、ボルトは苺大福を口の中に放りこんだ。

アァッ……と、木ノ葉丸はつい、ため息のような声を漏《も》らしてしまった。苺大福は、すでにボルトの口の中に消えている。

オレの苺大福……。

一瞬絶望した木ノ葉丸だが、あのうちはサスケがお見舞いに来てくれたというのに、大福にこだわっている場合ではないと気を取り直した。

「サスケのおっちゃん、またどっか行くのか?」

ボルトが聞くと、サスケは「あぁ」とうなずいた。

「今回の任務は、少し長引きそうだ」

「パパ、気を付けてね」

明るく言って、サラダは、サスケのマントの端《はし》をぎゅっと握《にぎ》った。

里を守る父を誇《ほこ》らしく思う気持ちが半分。——でも、もう半分は、カラ元気だった。

以前のように、父親の不在を不安に思うようなことは、もうない。木ノ葉隠《がく》れの里が平和であるほど、父親に守られていることを、実感するからだ。

それでも、任務のためといえども、父親が一緒にいてくれないのは、時々どうしても寂《さび》しい。

サラダは父親のポーカーフェイスを、うらめしく見上げた。

たまに帰ってきた時くらい、もうちょっと、コミュニケーション取ってくれたっていいのにな。いつも無表情で、優しいんだか優しくないいんだかよく分からなくて——ほんと、パパっていつも、何考えてんだろ？

「……パパ」

「ん」

ふと芽生《めば》えたイタズラ心で、サラダはサスケのマントをちょんと引いて、こんなことを言ってみた。

「唇《くちびる》に、ママの口紅ついてるよ」

「…………」

短い沈黙のあと、サスケは無表情のままおもむろに、何もついていない自分の唇を親指でぬぐった。どうやら心当たりがあったらしい。

「うそだよ。ママ、口紅なんてつけてないし……」

「…………」

サスケがほんの少し渋《しぶ》い顔になって、腕を下ろす。戦闘になると鬼のように強いくせに、こんな小さな嘘《うそ》に簡単に引っかかってしまう父親のことが、やけに愛《いと》しく感じられた。うちのパパって、誰よりかっこよくて、しかも時々ちょっとかわいいのだ。

「パパってさ。ママのことになると、実は結構、動揺するよね？」

「サラダ……」

サスケは困ったようにサラダの前にかがみこむと、トン、と額《ひたい》を指で突いた。

「その話はまた今度だ」

ついでのように、口の周《まわ》りについていたあんこをぬぐわれる。それだけのことがなんだか幸せで、サラダは額を押さえてはにかんだ。

「あっ！」

苺大福の箱をのぞきこんだボルトが、ひしゃげた声をあげた。「まずいってばさ……今日は四つしか買わなかったから、もう木ノ葉丸先生のぶんがないってばさーッ！」

今ごろ気づいたのかと脱力しつつ、木ノ葉丸はひらひらと手を振った。

「あー、いい、いい。もう、お前たちからもらうのはあきらめた。自分で買う」

しかし、ボルトはいすを蹴飛《けと》ばして立ち上がると「また買ってくるってばさ！」と食い下がった。

「今から並べばまだ間に合うから！」

「おいおい落ち着け。オレは別に……」

「いいんです。私たちも食べ足《た》りないし！」

サラダが明るく言って、ミツキのほうを振り返った。「行こっ、ミツキ！」

まだ食べるのか。

育ち盛りの胃袋に呆れる木ノ葉丸を残して、子供たちはバタバタと病室を出ていった。

部屋の中には大人二人が取り残されて、いきなり静かになる。

木ノ葉丸はすっかり冷《さ》めてしまったコーヒーをすすると、苦笑してサスケのほうを見た。

「騒がしい連中で。あいつらが弟子では、疲れたでしょう？」

「あぁ。……いや」

サスケは、ボルトたちが出ていった扉のほうを見やると、この男にしては珍しく、柔《やわ》らかな微笑を浮かべた。「なかなかに、楽しかったな。自分が持っている知を、次世代に引《ひ》き継《つ》ぐことができたのは。あいつらがどう思ってるかは、知らんが」

「ご謙遜《けんそん》を。ボルトたちにとって、最高の経験になったと思いますよ」

木ノ葉丸の言葉に、サスケがふっと表情をゆるめる。

鬼のように強く、常《つね》に冷静沈着な、木ノ葉隠れの里の伝説の忍者・うちはサスケ。しかし彼は、もしかして、昔よりもほんのすこーしだけ丸くなったかもしれない——木ノ葉丸は、そんなことを思わずにいられなかった。

そして、サスケが変わったのは、サラダやミツキ、そしてボルトたち次世代の影響なのかもしれない。

「……サスケ先輩。次の任務もお気をつけて」

「あぁ、あいつらを頼む」

言いおいてマントをひるがえしたサスケが病室を出るなり、どしんと何かが腹にぶつかってきた。ん、と視線を下げれば、ボルトだ。

「なんだ。忘れ物か？」

「いや、忘れ物ってーか……ちょっと、言い忘れたことがあって」

ボルトが言いづらそうに目を逸《そ》らす。いつも単刀直入なこの少年が一体何をもじもじしているのかと、サスケは首をひねりながら聞いた。

「腹でも痛いのか」

「んなわけねえじゃん！　そうじゃなくて、ええと……」

ボルトはなおも視線を泳がせたが、やがて決心したように、きゅっとサスケを見上げた。

「あのさあのさ！　オレってば、サスケのおっちゃんに習ったこと、まだできてねえから……帰ってきたら、また、オレの師匠《ししょう》になってほしいんだってばさ！」

思いがけない言葉に不意打ちをくらって、サスケはかすかに目を見開いた。まっすぐに自分を見上げてくる小さな顔には、生涯《しょうがい》の親友の面差《おもざ》しがある。

「あぁ。オレは必ず戻ってくる。だから、お前も――」

「もっちろん！　絶対今より強くなって、待ってるってばさ！」

二人は視線を交《か》わし合《あ》い、そして同時に、ニッと笑った。

サスケは新《あら》たな任務へ、ボルトは修業の日々へ。お互いに受け取り合ったものを糧《かて》にして、それぞれのやり方で、木ノ葉隠れの里の平和を守っていく。

場所は違えど信念を共にしている限りは、再《ふたた》び道を交《まじ》える時が来るだろう――その時は、きっとまた、師弟《してい》として。

NARUTO－ナルト－
サスケ新伝
師弟の星

2018年6月9日　第1刷発行

著　者　岸本斉史◎江坂　純

編　集　株式会社　集英社インターナショナル
〒101-8050　東京都千代田区一ツ橋2-5-10
TEL　03-5211-2632（代）

装　丁　高橋健二（テラエンジン）
編集協力　添田洋平（つばめプロダクション）
中本良之
編集人　島田久央
発行者　鈴木晴彦
発行所　株式会社　集英社
〒101-8050　東京都千代田区一ツ橋2-5-10
TEL　03-3230-6297（編集部）
03-3230-6080（読者係）
03-3230-6393（販売部・書店専用）
印刷所　共同印刷株式会社

Printed in Japan
ISBN978-4-08-703450-9 C0093

検印廃止

本書は書き下ろしです。